U0925270

以眨眼干杯

ウインクで乾杯

（日）东野圭吾◎著

袁斌◎译

化学工业出版社

·北京·

图书在版编目（CIP）数据

以眨眼干杯 /（日）东野圭吾著；袁斌译. —北京：化学工业出版社，2018.4（2018.9重印）

ISBN 978-7-122-30746-0

Ⅰ. ①以… Ⅱ. ①东… ②袁… Ⅲ. ①长篇小说－日本－现代 Ⅳ. ① I313.45

中国版本图书馆CIP数据核字（2017）第247094号

北京市版权局著作权合同登记号：01-2011-2660

责任编辑：张焕强　　策　　划：上海慧志文化（www.witsbooks.com）
责任校对：边　涛　　封面设计：尚书堂

出版发行：化学工业出版社（北京市东城区青年湖南街 13 号邮政编码 100011）
印　　装：艺堂印刷（天津）有限公司
880mm × 1230mm　1/32　印张 7　字数 169 千字
2018 年 9 月北京第 1 版第 3 次印刷

购书咨询：010-64518888（传真：010-64519715）
售后服务：010-64518899
网址：http://www.cip.com.cn
凡购买本书，如有缺损质量问题，本社销售中心负责调换

定　　价：39.80 元　

再版说明

1988年，《香子の夢》（香子之梦）出版，这是东野圭吾第一部连载的作品，也是他的密室推理代表作。1992年，《香子の夢》更名为《ウインクで乾杯》（以眨眼干杯）再版。

2011年我社引进该书并出版，书名为《以眨眼干杯》。本次再版在尊重作者初衷的基础上，综合了多方面的意见后，对原书中的部分疏漏之处进行了纠正，希望能得到广大读者的理解与支持。

目录

第一章

她有个大目的

她向着一张桌子靠近。她要找的那个人就在桌旁。或许那个人，就是能够帮她实现梦想的人。

1

以深蓝色的蓝宝石为中心，周围镶嵌着一圈小小的钻石。把这些宝石连接到一起的，是闪闪发光的黄金。卖点在于其非凡的品质。项链、挂坠、耳环，再加上一副手镯，共计7430万日元。

旁边是一条用红宝石、钻石和水晶组合而成的项链，2800万日元。耳环，1000万日元——

双层玻璃的背后，仿佛就是另一个世界。一颗小小的石头，其价格甚至要超过一个大活人。但这也是没办法的事，因为它们是那样耀眼夺目。香子轻轻叹了口气，看到了自己在玻璃上的身影。24岁，虽然说不上迷人，但身材也还算马马虎虎。近来皮肤的状态还不错，很容易上妆，凸显出修长的眼角，脸上的妆也还算精致。

见香子在橱窗前搔首弄姿，店员向她投来了异样的目光。那是个上身白罩衫，下身黑裙子，长了一张狐狸似的脸的女店员，那目光就仿佛在说：真讨厌呀，穷鬼又在一脸艳羡地盯着看了。香子冲着她扮了个鬼脸，转身走开。

香子无数次在心里发誓：迟早有一天，我会进店去把它给买下来的。我要穿上价格5000万日元的皮草大衣，从容淡定地走进店里，之后再装出一副漫不经心的样子，将目光投到“那东西”上。对，就是“那东西”——那条以蓝宝石和钻石为中心，配上红宝石和祖母绿，戴上去就仿佛胸前挂着颗巨大的星星似的项链。还有和那条项链配套的手镯、挂坠和耳环。挂坠上的蓝宝石重22.76克拉——香子甚至连这些细节都记得清清楚楚。她要一股脑儿地把它们全都买下来。“喂，总共多少钱啊？”那个长着狐狸脸的店员搓着手回答：“呃，总共8亿日元。”哎？8亿？没想到还挺贵的嘛——这种时候，一般人是不会觉得便宜的。“哎？8亿？能便宜点儿吗？6亿的话我就买了。……不行吗？……果然如此啊。那好吧，8亿就8亿，麻烦你给开个单据吧——这样的日子，是否会到来？”

8亿，那简直就是在做梦。香子如今就连800万的东西也买不起。并非那种横下一条心来的感觉，而是要轻松得就跟买南瓜似的。自己是否能有这么一天？应该不会的吧。香子心想。

至少，光凭自己一个人是不可能的。如果能够傍上个大款的话，那倒还能有点希望。

——好，加油吧。

心怀着对那个22.76克拉的梦，香子抬头挺胸，迈开了脚步。大衣在风中扬起了衣角，香子在银座中央大道向左拐去。

前方，就是她今天上班的地方——银座王后酒店。

2

进了酒店，走到前台，香子询问了准备室的房间号。“我是班比宴会公司的人。”“203和204号房间。”前台的人冷冰冰地回答。

香子看了看时钟，5点15分。今天的派对6点开始。时间已经所剩无几。

走进204号房，却没有看到营业社员的身影。一个平日常常见面的女孩告诉香子："米泽在隔壁。"

香子敲响203号房的房门，营业社员米泽打开了门。架在那张苍白面颊上的金边眼镜闪闪发光。

"小田君，又是你最后一个到啊。"

"对不起，电车太挤了。"

"说什么呢？电车挤不挤，与你第几个到没什么关系吧。"

米泽扶了扶眼镜，往手边的资料里写了些什么。据说他这是在调查勤务态度，可他究竟在写什么，却没有人知道。

香子避开米泽的目光，敏捷地换上了制服：黑色的裙子，白色的罩衫。面对有钱人的时候，感觉不管干的是什么工作，似乎都是这身打扮。香子一边想，一边补了补妆。

"我说，你听说了没有啊？"

刚进公司三个月时间的绘里跑到香子耳边低声说道。绘里身材高挑，相貌出众，擅长英语对话。

"今天的派对，是'华屋'的那些人吧？"

"'华屋'？真的？"

香子的眼中顿时一亮。

"听说就是他们。所以我想，香子你肯定会鼓起劲儿来的。之前你不是一直都在盼着他们来的吗？"

"这个嘛，我当然会鼓起劲儿来的啦。既然如此，那我可得好好化一下妆了。"

"我还是头一次参加'华屋'的感谢派对呢。之前我都只是听香子你说的呢。话说回来，那些人真的那么厉害吗？"

听绘里这么一问，香子扑哧一笑。

“不是这么回事啦，是他们当中有我相中的人。”

“哦，是这么回事啊。那人应该是金银满屋、玉树临风的吧？”

“而且还懂得鉴赏宝石——我看重的是这一点。”

香子从不同的角度审视着镜中的自己：很好。她合上了化妆盒。

“大伙儿都准备好了吧？”

米泽看了看表，用女人般尖锐的嗓门喊道。即便与30名礼仪小姐❶挤在同一间屋里，他也从不会有任何的感觉。比起女孩们穿着拖鞋四处走动的场景来，他似乎更在意全员是否都到齐了。

“现在离开场还有30分钟。大伙儿可要加油哦。我会替大伙儿看好东西的。”

米泽一声令下，香子她们这些班比宴会公司的礼仪小姐纷纷向着会场走去。

“华屋”是日本首屈一指的珠宝公司。他们以东京为根据地，大阪、名古屋、札幌、福冈等分店遍布全国各地。刚才香子趴在橱窗上发呆的那家珠宝店，就是“华屋”的银座分店。

“华屋”每年都会在银座王后酒店举办两次感谢派对，而受邀的全都是他们的大主顾，不外乎什么公司的社长夫人、医院的院长太太，或者是政治家的太太小姐、演艺圈中的人。今天香子已经第二次参加这个派对了，而上次参加时，香子对他们的这种做法感到钦佩不已。

受邀参加这派对，是一种身份地位的象征，所以女宾们的身上都会缀满“华屋”的各种宝石。如此一来，女人之间自然也就少不了要相

---

❶ 礼仪小姐：在日本俗称陪酒女郎，主要工作就是陪客人喝酒，聊天说话。在过去，陪酒女郎还是一份让大多数女性避之唯恐不及的工作，但现在陪酒女郎却成为比公务员还受日本女性欢迎的工作。

互攀比一番。“区区一个三流女星，居然敢在指头上戴祖母绿！”“都已经是满脸褶子的老太婆了，还戴什么钻石项链？”每位女宾的心中都会这样暗自思忖。如此一来，最后她们就会想：好，那我下次再戴些更值钱的来。

如此一来，“华屋”便会再次大赚一笔。赚得太多了，为了回报客户，他们便会举办派对。派对上暗波涌动，之后珠宝便能再次畅销——就是这样的一种销售模式。

当然了，女宾们的丈夫自然也会对此感到无奈。妻子们双眼充血地打量其他人身上的珠宝，而丈夫们则一脸苦相地在一旁看着她们。这样的场景，在派对上随处可见。

这样的一场派对，就是香子她们这帮班比宴会公司小姐们今天的工作场所。

不是端上兑好的酒水，就是帮忙倒上啤酒，或者往盘里盛上菜肴，再不就是聆听无聊老头儿的抱怨。香子的工作内容，与平日里相比并无太大的差别。但她的心情却与往常大不相同。

她有一个很大的目的。

她向着一张桌子靠近。她要找的那个人就在桌旁。或许那个人，就是能够帮她实现梦想的人。

那张桌旁已经站了其他的小姐。情况很不妙。今天的原则是一张桌旁站一个人。香子一边从中央的桌子上端菜，一边伺机而动。

没过多久，那名小姐便离开了。香子立刻走近那张桌子，向他递出了自己刚端来的料理。

“请您尝尝。”

香子从不会露出那种讨好他人的下作笑脸，顶多只是到面带微笑的程度。

“啊，谢谢。”

他接过料理，放在自己的面前。他正在喝啤酒。香子连忙拿起酒瓶，给他倒上酒，说："请用。"

他喝了一口啤酒，对香子说道："哎？我记得上次好像也在这里见过你？"

他终于想起来了。

尽管心中放下了一块石头，香子的脸上却依旧还在装蒜："嗯？是吗？"

换作平日的话，或许她真的会装傻到底，无视对方，但今天她却不能这样。

"是啊。上次也是在这派对上。当时我不小心把威士忌给弄洒了，不是你立刻来擦干净的吗？"

"啊，这么说来……"

香子故意装出一副刚刚想起的模样，其实她心里当然记得。倒不如说，还是他反倒没有香子记得清楚。当时是香子碰到了他的手肘，他才把酒给弄洒的。而其实香子当时是故意这么做的。为了能够和他搭上话，她想尽了一切办法。

而她的这个计策今天终于结出了硕果，让他主动开口和她搭话。

然而真正的困难还在后面。礼仪小姐是不能全程总围着某位特定的客人转的。香子她们上班时的服务态度，是有主陪小姐监管着的。主陪是个名叫江崎洋子的老员工。尽管洋子此刻正陪在国会议员妻子的身旁，但她的目光却随时监视着香子她们的行动。

这时候，一名身材微胖的中年男子找他搭了话。香子一边为周围的客人服务，一边与那张桌子若即若离。她这样做，是为了不错过那些本就稀少的机会。

他的名字叫高见俊介。听说他如今已是高见不动产的专务，但年纪却不过三十四五岁。香子之所以会对他感兴趣，是因为在上次的派对上，香子听说他还是单身。尽管他曾经结过一次婚，然而他的妻子却已经在几年前病故。这一切并不能成为对他扣分的理由。

之所以会把他请来，并非因为他也是“华屋”的老主顾，据说是因为他曾在建设“华屋”分店时帮过忙的缘故。

他可是高见不动产的年轻才俊哦——告诉香子这些情况的人，曾经这样形容过他。的确，他长了一副运动员般的身材，浓眉大眼，仪表堂堂。单从外形上来说，他也是香子中意的那种类型。

“能麻烦你帮忙拿些苏格兰威士忌来吗？”

香子正怔怔地发呆，眼前突然出现了一名长得就跟堵墙似的男子。面颊宽大，可眼睛鼻子却长得小而清秀，与他的一身白色西服极不搭配。

他是“华屋”社长西原正夫的三子，名叫健三。客人中有人背后低骂了一声“纨绔子弟”，至于是否当真如此，香子并不清楚。

香子端来苏格兰威士忌，健三盯着她的脸看了一阵，用公子哥儿般的油滑语调说道：“长得还挺漂亮的嘛。你叫什么名字啊？”

“您过奖了。我的名字什么的，根本就不足挂齿。”

这样的对话虽然感觉就跟黑帮电影似的，但被人问起名字的时候，就得这样子回答。

“告诉我你叫什么又有什么关系嘛。有机会的话，一起吃个饭吧？”

“这我可不敢当，您还是另找个漂亮姑娘一起吃饭吧。”

“我看你就够漂亮了。”

就在香子苦思退敌良策之时，一名身穿藏青色西服三件套的男子走到了健三的身旁。看样子他似乎要比健三年长一些，颧骨凸出，目光炯炯有神。

“山田先生的太太来了。最好还是去打个招呼吧。”

听男子说完，健三露出一副厌烦的表情，不大情愿地点了点头，跟着男子走开了。

香子再次回到了高见俊介所在的桌旁。

其实“华屋”的三公子倒也不赖。年纪和高见俊介差不多，又是富二代，最重要的是，跟了他的话，珠宝钻石什么的完全就是任君自选。

只不过香子却从生理上对他感到厌恶，那种感觉就像女性杂志常写的“最不想恋爱的对象”，虽然香子的梦想就是嫁给一位有钱人，可是……

她的白马王子——高见俊介正在和一位银灰色头发、气度不凡的中年绅士攀谈。派对刚开始时，那位中年绅士曾经向宾客们致过辞，所以香子知道，他就是“华屋”的副社长，西原家的长子昭一。尽管他的年纪比健三要大上许多，看起来约莫已经四十五六岁，但脸上却没有半点皱纹。昭一身旁的那位和服美人，恐怕就是副社长夫人了。至于西原家的次子，据说人在国外。

高见和西原副社长正在聊有关名古屋分店的事情。

西原正夫社长致辞，八点整，派对结束。香子她们再次回到了203号房。

“大伙儿辛苦了。”

米泽带着一脸让人不快的媚笑，出现在众人面前。

“我说，‘华屋’的那个三少爷，可真是个大草包啊！”

脱下工作服，浅冈绫子一边梳头一边说道。绫子身材微胖，是居家太太的那种类型。

“只要一看到年轻女性，就会跑去找人搭讪，结果见没人理他，居然还跑来找我们这些人说话。”

看来她这话并非只是冲着香子一个人说的。

“早就听人说，他是个纨绔子弟了。可你还别说，他在‘华屋’里可是个重量级人物呢。”

香子回想起自己在派对上听人说过的那些话，开口说道：“就是。听说今后‘华屋’在关西的生意，就全都由他来打理了。事不关己，高高挂起。不过听说他身边倒是有个挺厉害的跟班。派对上不是有个穿着藏青色西服、身材瘦削的男人一直跟在他身后的吗？”

“对，是有这么个人。”

香子回想起了那人犀利的目光。

那人名叫佐竹，是真正的幕后主使。据说只要有他在，健三就不会出什么太大的纰漏。

“呵呵，真够奇怪的。既然如此，那干吗不让那个佐竹来出任呢？”

“站在西原社长的立场上，自然是希望让他的三个儿子来继承家业的嘛。这就是父母的私心。”

“反正都与我无关。”说完，绫子站起身来，“我就先走了哦。”

“再见。”

香子的思绪飘到了高见俊介的身上。据说高见不动产也是家族企业。俊介莫非也是社长公子之流？

呆呆地想了一阵，等香子回过神来之后，才发现大伙儿都已经走得差不多了。房间里只剩下香子和绘里。米泽在一旁无所事事地抽着烟。

“你先走吧。”香子对米泽说，“我会把钥匙还给前台的。”

“是吗？那就拜托你了啊。”

米泽抱着包站起身来，带着一脸令人作呕的笑容，走出了房间。

“咱们也回去吧？”

香子把衣服塞进包里，背到肩上之后，低头冲着绘里说道。见绘里还在磨蹭，香子又放下背包，去了趟厕所。

等她从厕所里出来之后，绘里已经打扮完，在一旁等着她了。

“回去吧。”绘里说道。

“嗯。没忘记什么东西吧？”

香子用目光扫了一圈室内，拿起了钥匙。绘里率先打开了房门，等着香子检查完毕。

“OK，没问题了。”

香子走出房间，绘里拉上了房门。房门上装的是自动锁，拉上门后就会自动锁闭。

把钥匙交到前台后，香子和绘里一同向着出口走去。香子无意间瞥了一眼大厅的休息室，停下了脚步。

高见俊介正独自坐在那里，喝着咖啡。

“抱歉，我要去和人打个招呼，先告辞了。”

听香子说完，绘里露出了一脸狐疑的表情。

“好，那改天见了。”

说完，绘里便向着出口走去。看到她的身影从视野中消失之后，香子向着休息室走去。

她故意在距离高见稍远的桌旁坐下身，要了一杯咖啡。之后，她装出一副若无其事的样子，环视了一下四周。

很快，香子便与高见四目相接。尽管高见露出了一脸意外的表情，可他还是冲着香子微微笑了笑，香子也点头回应了一下。

“又见面了啊。”他主动开了口，“你等人？”

“不是的，只是稍稍休息一下罢了。”

说完之后，香子也提出了同样的问题：“您等人？”

“对，只不过对方却是个男的。时间不早不晚的，我这正无聊呢。”说着，高见看了看表，“约好9点15分见，现在还差40分钟。不嫌弃的话，过来一块儿坐会儿吧？”

这可是千载难逢的良机。香子心想。

“请问可以吗？”

高见伸手示意了一下面前的座位，说道：“当然可以。像你这样的美女永远都可以。”

“那我就不客气了。”

香子移到了高见的桌旁。她不可能让这样的机会从自己眼皮底下轻易溜走的。

“做礼仪接待这工作也挺辛苦的呢，想必也会遇到一些让人厌恶的宾客吧？这种时候，还得多用心才行的吧？”

“对，不过我已经习惯了。”香子抿了一口刚端来的咖啡，问道，“您是……高见先生吧？”

“对，你知道的还真不少呢。”

高见开心的心情溢于言表。

“我曾听人提到过您——您要等的人，是与工作相关的人吗？”

“嗯，差不多吧。不过难得身旁有美人作陪，我反倒希望他晚点儿再来了。”

高见爽朗地笑了起来。然而香子却没把这话当成一句说笑。她必须借这个机会，让对方对自己留下深刻印象。

“我听人说，高见先生您精通古典音乐？”香子问道。

她曾在派对上偷偷听到他与其他人聊过。

“倒也谈不上精通。”高见面带羞涩地说，“不过挺喜欢的。每次工作到疲累时，我就会听听古典音乐。也经常会去听音乐会，最近还去听了NHK交响乐团的表演。”

之后他便开始热情洋溢地谈起了古典音乐的美妙所在。虽然香子也不是很懂，但她也在一旁随声附和着。由于工作性质的缘故，哪怕对方谈的事情自己不是很明白，香子也很善于应付。

聊过古典音乐之后，话题又转到了音乐剧和旅行上。高见似乎每年都要出国好几次。

两个人的谈话是如此的投机，显得那个高见要等的人也来得不是时候。9点刚过，高见便将目光投向远处，点头打了个招呼。香子扭头一看，只见一个身材矮小、长了一张狸猫脸的男子挥着手朝着这边走来。

“酒店的斜对面有家名叫‘维兹’的咖啡馆。可以的话，你能先到那里去等我一下吗？我和他只需要30分钟就能谈完。”

高见小声地冲香子说道。香子虽然只是轻轻地点了点头，但其实心里早已雀跃不已。

她冲着狸猫脸男子点了点头，之后便转身离开了。临走时，她听到狸猫脸男子问高见“这女的谁呀？”，然而她却没听到高见的回答。

香子最后扭头望了一眼。高见正热心地和狸猫男交谈，似乎完全没有注意到她。

除了他们之外，整个休息室里就只有三个客人。一对情侣和一名男子。看到那男子的脸，香子不由得停下了脚步。

是那个身穿藏青色西服的男子——记得名字应该是叫佐竹吧。佐竹那双眼窝深陷的眼睛一直在盯着高见他们。发现香子正在看他，佐竹扭过头来，目光与香子的目光撞到了一起。他那毫无半点感情的冰冷目光让香子从后背到前心一阵发凉，吓得她连忙扭过头，匆匆地向着出口走去。

“维兹”咖啡馆里铺着长绒毛地毯，并排放置着几张玻璃桌，非常适合等人。香子要了杯橙汁，在膝头上翻开了一本古典音乐入门书。

咖啡馆的隔壁就是一家书店，所以香子就顺手买下了它。临阵磨枪，不快也光。

看了二十多页，正当香子开始感觉有些乏味时，店内开始变得骚动不安。香子坐在二楼上，客人们全都扭头向着窗外望去。她伸长脖子一看，只见银座王后酒店的门口聚集了几辆警车。

——发生什么事了吗?

就在香子心中暗忖时，突然听到服务生问道："请问，小田小姐在吗?"香子举起了手，似乎是有电话找她。

"喂，是香子小姐吗?"——果然是高见的声音。从他说话的语气来看，似乎是发生了什么很严重的事。

"发生什么事了?"

香子的心中有种不祥的预感。

"不好了，酒店里死人了。现在这边都乱作一团了。之所以打电话联系你是因为死掉的那人似乎是你的朋友。"

香子的心猛地一抽。

"怎么会这样……"

"或许你认识死者。据说是参加了今天的派对的礼仪小姐，名叫牧村……"

"……"香子说不出一个字来。

"总而言之，你还是过来看看吧。喂?小田小姐，你听到了吗?"

手里握着听筒，香子只觉得耳边一阵鸣响。过了好一会儿，她才明白那并非自己耳鸣，而是心跳的声音。

牧村——

那不就是绘里吗?

3

走进酒店，就见警察们正在来回忙碌，就连酒店的工作人员也是惊惶不已，完全顾不上店里的客人。

香子刚走到前台，高见便立刻来到了她身旁。短时间之内，二人的关系似乎已变得亲近了起来，但香子此刻却已经没心情为此感到开心了。

“警方现在正在找相关人员问话，你最好也去一趟吧。”

听过他的建议，香子点了点头。

“绘里死了？这到底是怎么回事？”

香子带着哭腔问道。

高见摇摇头：“我也不大清楚。刚才这里突然一阵骚乱。”

“是在哪个房间？”

“好像是203号房。”

“203？”

“听说是的。”

203……

奇怪了。香子心想。那不就是我们之前的准备室吗？绘里怎么又回去了？而且还死在了那里？

香子冲上楼梯，只见之前的那间临时准备室门口聚集了一群神情严肃的男子。见香子靠近房间，一名身穿制服的警察拦住了她。

听香子讲明了她与绘里的关系后，警察的身影消失在人群之中。过了一会儿，他带着一名剃着板寸头，身材魁梧得犹如柔道选手的中年男子回到香子面前。

“我是筑地警署的加藤。”板寸头自报了姓氏，“听说您是牧村小姐的朋友？”

“我和她在同一家公司做礼仪小姐。绘里她怎么了？不会真的死了吧？”

加藤并没有回答香子的问题。

“我们想找您询问些情况。当然了，我们也同样会把目前的情况告诉您。”

说完，加藤指了指204号房。尽管香子根本就没搞明白是怎么回事，但眼下也只能跟着刑警进屋去了。

香子和加藤刚在204号房里面对面地坐下，房门又立刻被人打开，走进来一名30岁左右的年轻男子。男子身材高大，肤色黝黑。

“我是本厅搜查一课的芝田。”年轻男子自报过姓氏之后，吸了吸鼻子，“有股女人味儿啊，而且人数还很多。”

“现场和这间屋子之前是礼仪小姐的临时准备室。你没有听说吗？”

芝田连连点头，说了句“原来如此”，之后便在旁边的床上坐了下来。加藤干咳一声，扭头望着香子。

“刚才，准确地说，是9点40分左右，有人在隔壁203号房发现了牧村小姐的尸体。”

“绘里她是怎么死的？”香子问道。

从刚才起，她已经反复问了好几遍了。

“死因是中毒身亡。”加藤的声音听起来似乎有些哽咽，“估计是氰酸化合物。最近用这东西下毒的案例很多。受电视和书的影响，如今就连外行也知道这东西。”

“是那种毒药……那，绘里呢？”香子突然拔高了嗓门，“她是被杀吗？”

加藤被吓得一怔，芝田也一下子跳起了十厘米高。加藤摆了摆手。

“不，这一点目前还不清楚。”

“接下来我们正准备调查此事。”芝田挖着耳朵说，“这就是我们的工作。”

香子盯着加藤的脸说：“你们想问什么就问吧。”

“按顺序来问吧，”加藤说，“今天您和牧村小姐一起上班的吧？上班的时候，牧村小姐的样子是否有些反常？”

“应该没有吧。”香子回答说，而她也没有注意到。“今天是‘华屋’的派对，她看起来似乎也挺期待的。”

“哦？她为什么会期待呢？”

“既然是珠宝行主办的派对，那么宾客自然会佩戴着名贵的珠宝首饰出席，能够看到这样的场面，当然会开心的啦。”

“这些个女人啊，整天就只会关注这种无聊玩意儿。”

听到芝田插科打诨，香子狠狠瞪了他一眼：“珠宝可不是什么无聊玩意儿。”

香子的气势吓得芝田睁大了眼睛。加藤也怔怔地大张着嘴，之后他再次干咳了一声。

“那，下班后的情况又如何呢？”

“也没什么特别的。我和她是最后离开准备室的，把钥匙还给前台之后，我们就各走各的了。当时她也没说什么。”

“和她分开之后，您去干吗了呢？”

“我嘛……”香子稍稍犹豫了一下，“我当时感觉有些累，所以就到休息室去喝了杯茶……结果碰巧在那里遇上了个熟人，所以就聊了一会儿。”

这话倒是不假，但“碰巧”两字，说来却让人感觉有些心酸。

既然提到了“熟人”，那么刑警自然免不了要追问一番。尽管香子并不想给对方添麻烦，但无奈之下，她还是说出了高见的名字。听说对方是高见不动产的专务，刑警们的目光突然一变。

“和您分开的时候，牧村小姐有没有说过她接下来准备干什么？”

“她什么也没说。估计应该是直接回去了吧。”

“她平日里都是下班就回家的吗？”

“基本上都是。”

“就没有去找过男人吗？”

芝田的问话毫不客气。从“找男人”这句话中听出了对方对自己工作的蔑视，香子硬生生地回答说：“不知道。”芝田似乎还有什么话想说，但香子却已决定彻底无视他。

“她有没有恋人呢？”加藤柔和地问道。

香子摇了摇头，说：“我真的不知道。虽然我是她的朋友，但也就只是在上班时聊聊天罢了，下班之后我们很少见面的。”

“哦？”加藤用小拇指搔了搔鼻尖。

“那，最近牧村小姐的情形如何呢？她有没有什么烦恼？抑或是会经常发呆？她是否有这类的情况？”

“不清楚……”

这问题令香子感到难以作答。任谁都会有发呆的时候的，反倒是从不发呆的人，还会让人感觉有些怪异。

“应该和正常人没什么差别吧。”

想来想去，香子最终这样回答道。刑警似懂非懂地点了点头。

“我们换个话题。班比宴会公司的社长是叫丸本久雄吧？他是个怎样的人？”

“怎样的人……他年纪在40岁左右，长脸，戴眼镜，身材肥胖……”

“他与女性之间的关系如何呢？”芝田迫不及待地问道。

“他很会讨好女人。”香子回答道，“我们这边每个月都会开上一次研修会，社长只有在那时才会出现，据说每次开会时，他都能找上个女孩，不过我倒是还没被他找过。”

“他现在有没有在和女性交往？”加藤问。

香子思考了片刻：“我不清楚，不过应该有吧。你们问社长的事干吗？”

“呃，这个嘛……”

加藤似乎有些犹豫，话只说了一半，他便扭头看了芝田一眼。芝田把头朝向另一边，一言不发。加藤把目光转回到香子身上，说：“其实，发现尸体的人就是丸本先生。”

“社长？他怎么会到这里来的？”

香子睁大了眼睛，目光在两名刑警脸上来回游弋。正常情况下，社长是不会到派对现场来的。

“情况很复杂，不是一两句话就能解释清的。”加藤用息事宁人的语调说道，“总而言之，尸体是丸本先生和酒店的服务生发现的。”

“我可以问个问题吗？”

“请问吧。”

“绘里她怎么会在203号房里的？之前她已经和我一起离开了那个房间的啊？”

“她又回来了，”加藤说道，“和您分开之后，她又回到这里来了。”

“她回来干吗？”——香子很想弄清这一点。

加藤沉默了半晌。

“这事牵涉到个人隐私问题，我们是不能随意告知他人的。”

“迟早一天，你也会知道的，”芝田说，“但这事却不能由我们来说。仅此而已。”

听过芝田的话，加藤露出了苦涩的表情。看起来，这应该才是他们的心里话。

“那，我还想再请问一件事。绘里是自杀的吗？还是被人给杀死的？”

“刚才我们也说过，这一点尚在调查之中。就目前的情况而言，自杀的可能性很大。而问题也就在于她为什么要这么做。”

耳边啪地响了一声，声音把香子给吓了一跳。是芝田用手指弹了一下警官证。之后，他两眼盯着自己的指甲。

“呃……”加藤摇了摇他的板寸头，抱起双臂，说道，“还有什么要问的吗？”

他似乎是在问芝田。芝田扭头望着香子。

“牧村小姐是否对酒精过敏？”

“酒精？这个嘛……”香子想了想，说道，“她倒是不大会喝酒，不过啤酒的话，也还能喝上一杯。”

“原来如此。”芝田点了点头．看了加藤一眼。

“我暂时没什么要问的了。今后也还是有机会见面的吧。”

他的话听起来似乎另有深意。加藤点头道：“说的也是。”

走出房间，香子迈着蹒跚的脚步走过走廊，下楼来到了大厅里。就在香子打算向出口走去时，不料眼前突然一阵发黑。

“那个被人调查的礼仪小姐原来就是你啊？真没想到。”

是“华屋”的纨绔子弟西原健三。香子本能地挤出了个笑容，但随后她便收起了笑容。

“西原先生您还在这里？”

“是啊。我刚和客户在顶楼的酒吧喝了一杯，正准备换一家再喝，结果就遇上了这倒霉事儿。对方居然还要查我身份证，真是够麻烦的。”

或许是警方在检查所有宾客的身份的缘故，整个酒店里一片骚乱。

“怎么样？真是杀人案吗？”

香子瞪了健三一眼：“我不知道。”

“是吗？你住哪儿？我送你回去吧。”

“不劳您费心。”

香子转身想要走开，可健三却依旧穷追不舍。

“你就别客气啦……”

这时候，穿藏青色西服的佐竹突然出现在二人面前。香子吃了一惊，停下了脚步。

“常务，副社长找您。”

“大哥找我？”健三一脸不耐烦地说，“没办法。那就下次见了。”

说完，他便和佐竹一起走了。

刚走出酒店的玄关，一辆黑色的轿车便停在了香子面前。后车门打开，高见俊介探出头来说道：“我送你回去，上车吧。”

香子自然不会拒绝高见的好意。

“这事可真是让人痛心啊。你情绪好些了吗？”

“嗯，好多了。”

车子发动时，香子回头望了一眼酒店，正巧看到班比宴会公司的社长丸本久雄从里面出来。他稍稍弓着背，脸上一副憔悴不堪的模样。

车子驶向高圆寺公寓的路上，高见几乎没说什么。他只是问了香子：“饿不饿？明天还上不上班？”香子回答说：“没胃口，明天当然还要上班。”

“我会再联系你的。”临别之际，高见说道。

回到屋里，香子穿着衣服倒在了床上。一种与失去朋友略微不同的悲伤，正不断地填埋着她的内心。绘里是独身，自己也一样。自己死去的时候，或许人们也会这样说到自己，却没有任何人在乎自己。

一滴泪水滑过面颊。香子脱下衣服钻进被窝，轻声地呜咽了起来。

第二章

像滥情小说一样地死去

『大概是痴情惹的祸吧？』

香子站在车厢入口，怔怔地望着夜景从车窗外滑过。如果真如绫子所说的那样，绘里的死就和一篇滥情小说一样的话，那便只会令人徒增悲伤。

1

“叮咚！”门铃声惊醒了香子。昨晚回家后便上床睡觉，让香子有了一种之前少有的睡眠充足的感觉。然而脑袋里却还感觉有些昏昏沉沉。穿上睡衣，趿上拖鞋，香子向着玄关走去。检查过门上拴着门链之后，香子打开了房门。

“请问是哪位？”

“抱歉。我是刚搬到隔壁来的，可以借您电话用一下吗？”

男子的声音听起来很年轻。

“借电话吗？”

香子用手揉揉眼睛，看了看对方，心中不由得有些吃惊。那张黝黑的脸，香子似曾相识。

“哎？”对方也有些惊异，“你不是昨天那个礼仪小姐吗？”

“哦，是昨天的刑警啊。你是……我把你名字给忘了。”

“我叫芝田。你怎么会在这儿？”

“我当然在这儿……”香子撩起头发，“这里是我家。”

“是这样啊？”芝田看着门外点了点头，“门牌上写的的确是‘小田’。”

“刑警先生你搬到我隔壁了？”

“对。这可真是够巧的呢。干刑警这行，会遇上各种各样的人，有时也会碰上这种事呢。”

芝田感慨良多地说。

“这里时常会有可疑男子出没，有刑警你住我隔壁的话，我也就放心了。请多关照。”

“彼此彼此。”

香子关上房门，满心嗟叹地躺回了床上。敲门声再次响起。香子又一次打开房门。

“电话。”面色黝黑的芝田说道。

“啊，我忘了。”

香子关上门，解开门链，把对方让进了屋里。电话放在厨房的吧台上。趁着芝田打电话的工夫，香子冲了两杯咖啡。

芝田似乎是在给警署打电话，为晚了一个小时的事情解释：“我昨天和今天都请了假搬家。昨天家刚搬了一半接到的电话。……对，家具还胡乱堆着的。……我也还是有那么一两件家具的啦。……最起码一个小时。30分钟搞不定的啦。至少我还得挪出个地方来睡觉嘛。”芝田打完电话时，咖啡已经冲好。

“真够辛苦的啊。”说完，香子把咖啡递到芝田的面前。

“啊，谢谢。就是啊。那些上了年纪的前辈从不理解我们。早上起来，他们要是不去绕上一圈的话，就觉得好像没做什么工作似的——嗯，这咖啡可真香。”

香子端着自己的咖啡，在地毯上坐下来。

“看你这么忙，是因为昨天的那件案子吗？”

“是啊。不过事情也并不是太复杂。这案子应该是能以自杀定案的。”

“真是自杀的吗？”

“目前还不大清楚。不过从当时的状况来看的话，也就只可能是自杀了。”

香子怔怔地望着咖啡杯里的褐色液体。昨天夜里，当自己和高见在休息室里喝咖啡时，绘里究竟遇上了什么事？

“我说，”香子开口说道，“昨天你们不是有许多事都没告诉我的吗？现在也不能说吗？”

“我倒是觉得没必要瞒着你。你想知道些什么？”

“全部。我全都想知道。”

“好吧，就当作是对你这杯咖啡的回谢吧。”

说完，芝田一口喝光了杯里的咖啡。

“你说过，你昨天最后一次见到绘里时，时间还不到9点，对吧？之后你们就在酒店的前台分开了。”

香子点了点头。

“可到了9点多，她又回到了酒店里。据酒店的前台接待说，当时大概是9点过10分的样子。她告诉前台接待，说她是班比宴会公司的人，把东西遗忘在房间里了，想要借一下203号房的钥匙——当时她就是这样拿到房门钥匙的。”

“遗忘了东西”这话根本就是在撒谎。香子心想。当时她们曾仔细检查过，根本就不可能会忘记什么的。

“过了大约20分钟，一名男子跑到前台，问是不是有个名叫牧村的女子来借过203号房的钥匙。而这个男的，正是你们的社长。”

“丸本……”

“就是他。前台告诉他说确实有个女的来拿走了钥匙。结果丸本却说，他去敲203号房房门时，却总不见有人应门。前台给203号房打了个电话，果然没有人接。后来，服务生就带上备用钥匙，和丸本一起去了一趟203号房。”

“等他们进屋一看，就发现绘里已经死了？”

“是这样的。不过当时他们却是弄了半天才打开房门的。”

香子皱起眉头，歪着脑袋说：“怎么回事？”

“回答这问题之前，能麻烦你先给我杯水吗？”

香子站起身来，往杯里倒满水，递给芝田。芝田一饮而尽，之后他擦了擦嘴角，继续说道：“就像你刚才开门时那样，当时他们用备用钥匙打开房门，才发现房门上拴着门链。”

2

芝田接着说道：“既然门上拴了门链，那就说明屋里有人。丸本从门缝里叫了一声，却不见屋里有任何反应。他往屋里窥视了一下，结果大吃一惊。他看到绘里正面朝下扑倒在桌上。丸本想要设法解开门链，却没能成功。这也是理所当然的。服务生找来了管理员，拿来了剪断金属用的大铁钳。丸本用铁钳剪断门链，进屋一看，才发现绘里已经死了。”

香子缓缓点头，把烟灰缸拖到身旁。之后她从包里掏出一盒骆驼牌香烟，朝芝田问了句：“不介意吧？”芝田眨了眨眼，表示不介意。

深吸一口，香子感觉就连自己看待事物的角度也发生了些许的变化。之前芝田讲述的一切都让她感到无比虚幻，而此刻，她又觉得自己仿佛已经变得能够接受这样的事实了。

“为了你自己好，”芝田说道，“你还是把烟戒了吧。真不明白，女孩子家还抽什么烟嘛，这根本就是在给自己减寿嘛。”

香子冲着天花板吐了口烟，说道：“你讨厌抽烟？”

“我对禁烟运动倒是没什么兴趣，只不过你这样一个美女，又何必自讨苦吃，当个香烟‘恐龙’呢？”

“香烟‘恐龙’？”

“皮肤粗糙、牙齿发黄、头发上沾着烟味儿，呼出的气也变臭。一吸一吐之间，表情呆滞得足以让自己吓一跳。从鼻孔里呼出烟气来，然后再被呛得皱眉的话，那可就完美无缺了。”

说着，芝田自己皱起了眉头。

“呵呵。”香子淡淡一笑，从下方盯着芝田的眼睛看了一阵。

“你这话事先排练过的吧？好，我就从今天起，开始努力戒烟好了。”香子在烟灰缸里摁灭了香烟，之后再次抬头望着他，“后来又发生了些什么？”

“刚才我说到哪儿了？”

“说到他们进屋发现了绘里。”

“发现了她之后，他们就报了警。先是筑地署的搜查员赶到现场，之后我们这些本厅的人也被叫去了。”

“当时你还在搬家对吧？”

“是啊，那时我连装衣服的硬纸箱都没打开呢。”

芝田握起拳头，敲了一下桌子。

“绘里死时是什么样子？”香子问道。

“就这样趴在桌上，”芝田把双臂放到桌子上，把脸伏在上面，“她的身旁有瓶空了一半的啤酒瓶，杯子滚落在地。估计滚落时杯里还剩着些酒，地板上湿了一片。”

“是杯里的酒有毒吗？”

“估计是吧。”芝田回答道。

香子回想起了自己与绘里分离时的情形。的确，当时绘里一直默不作声。派对开始前，大伙都在聊有关“华屋”的事，即便是在准备室里，她也几乎什么都没说。她是在那时下定决心自杀的？如果真是这样，那么促成她这样做的契机又是什么？

香子想起自己还有件事忘了问。

“我还没有问过丸本社长的事呢。他为什么要找绘里？”

“因为他们之间很暧昧。”芝田淡定地说。

“很暧昧？”

“丸本和牧村绘里之间，他们昨晚约好见面的。”

“怎么可能？你不是在开玩笑吧？”香子拔高了嗓门，“绘里和社长？那简直比美女与野兽更糟糕啊。”

“可事实上他们之间就是很暧昧，这话可是丸本自己说的，只不过他曾拜托过我要保密。他们二人本来约好要在临时准备室203号房里见面，结果丸本去了之后却敲不开门，所以他才会去找前台的。”

“他们是从什么时候起搅到一块儿的？”

“据说是最近，大概一个月以前吧。照丸本自己说，是他主动勾搭的。”

“简直难以置信……”香子两手托腮说。

“这就是事实，由不得你不信。”芝田看了看表，起身说道，“好了，我知道的已经全都告诉你了。再继续耽搁下去的话，今晚我就又没地方睡觉了。”

“等等，我还有最后一个问题。除了自杀以外，就真没有其他的可能了吗？”

“我已经说过了……”芝田用食指擦了一下人中，“当时门上拴着门链，这是个很关键的问题。”

“那，动机呢？”

“这一点暂时还不清楚……大概是痴情惹的祸吧。”

“痴情？”

这话与绘里平日给人的印象完全对不上号。男女之间，难道就只有这样的关系吗?

“那我就先告辞。感谢你招待的美味咖啡。”芝田向着玄关走去，但他却中途停下脚步，扭头冲着香子说道，“只不过，我也并非对自杀的猜测坚信不疑。”

“嗯？”

“下次再和你详聊吧。”

芝田打开房门，走了出去。

3

今晚的工作地点是滨松町的酒店。尽管没什么心思，但香子却还是强打起精神去上了班。如果临时请假的话，是会被列入黑名单的，而且和大伙儿见个面的话，说不定还能打听到些情况。

准备室里的气氛感觉就像是在守灵。20个人挤在同一间屋子里，却没有一个人开口说话。每个人都静静地换过衣服，化好妆，等待着出场，甚至就连营业社员米泽也是一句话不说。

今晚的派对，似乎是场某学会的联谊会。宾客们是大学教授、副教授、公司研究室的要人，全都是些中老年男子，一点意思都没有，让人感觉气氛沉闷。即便如此，客人似乎也很乐意与她们这些年轻女性交往，甚至让人感觉他们是在故意套近乎。

熬过了沉闷的两小时，回到准备室里换衣服时，绫子凑到了香子身旁。

“你听说没？据说绘里和社长之间很暧昧呢。”

香子一脸惊愕地看着她说：“你听谁说的？”

“大伙儿都这么说的啦，这事都已经传开了。”

“哎……”

香子感到有些无奈。现在她终于明白，之前刑警说的那句“即便我们不告诉你，你也迟早会知道的”是什么意思了。

“绘里也真够傻的，居然为了那种男人自杀。又不是除了他之外，这世上就再没有其他男人了。”

绫子压低声音接着说道：“就连报纸上也报道说，这案子属于自杀的可能性很大。”

“但也未必就是她与社长之间的关系使得她自杀的吧？”

“你说些什么傻话呢？肯定是因为她和社长闹翻了，才决定自杀的嘛。”

说到这里，主陪江崎洋子走进屋里，绫子连忙闭上了嘴。洋子的目光在众人身上一一滑过，之后她缓缓地坐到了椅子上。

过了一会儿，屋里的电话突然响了起来。米泽握起听筒来说了两句，之后便立刻扭头冲着洋子说道：“江崎小姐，电话。”

洋子一脸讶异地接过了电话。香子发现，洋子的表情渐渐变得紧张起来，接连小声地回答了两句“是”之后，洋子放下了听筒。

离开酒店，香子和绫子一起向着车站走去。

“接着刚才的说。”

绫子似乎很热衷于讨论这事。当然香子也不例外。

“绘里是因为三角恋爱的事自杀的。只不过我觉得她挺傻的。”

“三角恋爱？”香子一边走，一边凑近绫子身旁说，“社长和绘里，还有谁？”

绫子突然停下脚步撇了撇嘴。她看了看周围，之后压低嗓门说道：“你不知道？消息可真够闭塞的。”

“那个人是谁？”

“主陪。”

“啊？”

江崎洋子？

“这都是很久以前的事了。”绫子再次迈开脚步，“每次研修会结束之后，他们俩就会一起消失。你难道不知道？”

香子默然摇头。她还真不知道这事。

“我只知道研修会后社长会去讨好某个女孩子。”

“那只是他玩的障眼法罢了，你怎么能上这种当？”

“还有这种事啊……”

说起来，这样的说法倒也并非完全是空穴来风。丸本那种类型的男人完全引不起香子的兴趣，所以她也从没去在意过这些事。

“可我也没想到，绘里居然会卷进这种事里去。”

绫子就像是说了什么不该说的一样，轻轻敲了一下自己的头：“社长和主陪之间的关系很深，所以绘里不过只是一只偷腥的猫罢了。然而绘里却对社长一往情深，最后落了个自杀的下场。”

“绘里……我还是不敢相信。”

“但除此之外，就再没有其他的可能性了啊。”

聊着聊着，两个人已经来到了车站，即将分道扬镳。挥手道过别，她们坐上了各自回家的电车。

香子站在车厢入口，怔怔地望着夜景从车窗外滑过。绫子刚才说的话，是否全都属实？或许其中多少有些夸张的成分，但想来应该也不会只是谣传。如果真如绫子所说的那样，绘里的死就和一篇滥情小说一样的话，那便只会令人徒增悲伤。

4

或许香子和芝田两个人都没有觉察到，但事实上，他们俩却在酒店门口擦肩而过。为了找江崎洋子打听情况，芝田也来到了酒店。之前江崎洋子在准备室里接到的那通电话，其实就是芝田打来的。

走进酒店之后，左手边有间茶水间。二人约好了在那里见面。芝田环视了一圈，见对方还没到，便在身旁的桌边坐了下来。时钟指着八点半的位置。除芝田之外，休息室里就只有寥寥数人。

芝田点了杯柠檬茶，等待着对方的出现。他想起白天与丸本久雄见面时的情况。当时，他和加藤二人一起去了班比宴会公司的事务所。

对方的事务所在赤坂一栋大楼的五楼，总共有20多名员工，其中的几个人坐在电脑面前。事务所里电话铃声不停响起，感觉至少有一半人都在忙于应对。

丸本坐在临窗的座位上，正在低头写着什么。与昨天那副憔悴不堪的样子相比，今天他的脸上已经恢复了几分血色。尽管如此，当他看到芝田他们的身影时，却依旧表现出了几分狼狈。

房间的角落里有处用窗帘隔开的地方，二人被带到了那里。丸本冲一名社员指示了一番，让他买来了两杯咖啡。

“我们有几件事想找你确认一下。”

听加藤说过之后，丸本露出一脸僵硬的表情，点了点头。正如之前小田香子所形容的，丸本长着一张很长的脸，身材肥胖。整个面部基本上就没什么起伏，完全就是一张没有品位的公卿脸。虽然还只有37岁，但驼背的身形却让他看起来要比实际年龄更老。

“你是从什么时候起，开始与牧村小姐交往的？”

“这事我昨天不是已经说过了吗？”丸本一脸不安地望着两名刑警，“大概是从一个月前开始的吧。当时我约了她一起吃饭。”

“在那之前，你们之间都没有过任何交往吗？”加藤问道。

“是的。”

“你交往的对象，就只有牧村小姐一个吗？”

这句话仿佛一刀戳中了对方的心窝，丸本的眼珠开始不停地转动。

“这话什么意思？”

“我们是想问你，除了牧村小姐之外，你是否还有其他的交往对象？”

听到芝田在一旁插嘴询问，丸本扭头望了他一眼，之后又把目光转回到了加藤的脸上。

“你们问这个干吗？”

“今天早上，我们去找了你们公司的几位礼仪小姐问话。据她们说，你应该是从很久以前起就在和人交往了。而且对方还是你们公司内部的礼仪小姐。不过她们却和我们说过，让我们不要提起那人的名字。”说着，加藤用鄙视的目光瞟了丸本一眼，“我们这次过来，就是想直接找你问一下这事。那个人应该不是牧村小姐吧？”

丸本掏出手帕，擦了擦鼻头上的油汗。之后他连眨了两三次眼。

“我并不是想隐瞒……”

就这样，丸本说出了江崎洋子的名字。丸本和她已经交往了一年多的时间，据说是因为她的主陪身份，使得两个人之间的关系变得亲密的。虽然丸本至今依旧独身，但二人却并未谈到过婚嫁。

“牧村小姐她知道你和江崎小姐之间的事吗？”

芝田试着问了一下，但丸本却摇了摇头。

“不清楚。我本来一直瞒着她的，但或许她也已经隐隐觉察到了吧。”

“那你打算和牧村小姐如何收场呢？还是说只是随便玩玩儿罢了？”

“不，不是随便玩玩儿，我是真心的。”

“那就是说，你和江崎小姐之间，就只是逢场作戏？”

“也不是……”丸本把手帕揉作一团，“两边我都是真心的。”

芝田和加藤对望一眼，耸了耸肩。加藤也轻轻叹了口气。大概是觉察到了气氛有些不对的缘故，丸本赶忙说道：“不过我也知道，这样下去是不行的，所以我准备同时和她们二人断绝关系。昨天晚上，我本打算先把这事告诉绘里的。”

“哦？”加藤再次看了他一眼，“这可是得下很大决心的啊。”

“我就只能这么做了。”

说着，丸本耷拉下了脑袋。

8点40分，江崎洋子准时出现了。稍稍有些过细的长发披散在黑色毛衣的肩部，再加上小田香子和已死的牧村绘里，这种类型的身材相貌，或许就是他们公司选人的标准吧。

“你们还有什么要问的吗？”洋子的脸上带着些许的不快，开口问道。估计是白天已经有别的搜查员找她问过了的缘故吧。据那位搜查员说，洋子说的情况与丸本所说的大致相同。洋子已经知道丸本对绘里下手了，只不过她觉得丸本这么做，只是在逢场作戏而已。

“我们不过只是想找你确认几件事罢了。关于你和丸本社长之间的事，我们还有几点没问到的。”芝田说道。

其实今天他到这里来，完全是出于他自己的个人判断。

“什么事？”洋子依旧是一副冷冰冰的表情。

“之前你就已经知道丸本和牧村之间的事了吧？”

“对。”洋子轻轻抬起了下巴。

“那，你有没有和丸本谈过这件事呢？”

“有没有和他谈过？谈什么？”

“有关今后的事。你们二人之间就没有在意见上有过分歧吗？”

洋子呵呵一笑，从包里掏出了香烟。她慢条斯理地点火，深吸一口，从鼻孔中喷出烟气。这就是个不折不扣的香烟“恐龙”。芝田心想。

“他那人就那样儿。”

“你说的是丸本社长吧？具体怎么样呢？”

“他只要一对人出手，就会立刻头脑发热。估计他和绘里之间也是这样的。”

“你很冷静呢。”芝田看了看洋子的眼睛，“似乎可以接受恋人的花心啊。”

洋子手里夹着香烟，再次呵呵一笑。芝田本以为她会说些什么，结果她却默然不语。

“丸本社长说，他准备同时跟你和牧村小姐分手。”

“他一贯如此。不过他倒是还没来找我提过分手的事。”

“或许他过两天就会来和你提的。”

“或许吧。分就分吧。”

“分就分吧……分了也无所谓吗？”

“嗯。”洋子嘴里叼着烟，平静地点了点头，“反正迟早有一天，他都会跑来求我和他重归于好的。他就是这么个人。”

说完，洋子撇起嘴唇，吐了口烟。

5

案件发生之后，已经过去了四天的时间。

因为夜里没有工作，香子在屋里听着音乐。打那之后，绘里的事就再没有上过报纸。绘里的葬礼应该已经办过了，但香子甚至连是谁来认领的尸体都不知道。香子给绘里住的公寓打过电话，却一直没人接听，而隔壁的刑警最近也一直不在家。

晚上八点，香子听到了隔壁开门的声音。之后房门又被粗暴地关上。大概是芝田回来了吧。

香子走出房间，按响了芝田的门铃。屋里传出颇不耐烦的应门声，之后房门就开了。

“晚上好，”说着，香子皱起了眉，“你怎么一脸倦容？”

“之前一直都在署里过夜。大晚上地跑回来，结果却还是没心情休息。”

香子往屋里看了一眼，只见各种纸箱纸袋都已经堆到玄关口。搬家之后，他似乎还一直都没来得及收拾。

“你还没吃饭？”

见芝田手里捧着杯面，香子开口问道。芝田嘟起嘴唇，做了个崩溃的表情。

“最近几天我一直都在吃这东西，没想到我这人居然还这么节能环保。”

“真够可怜的。”

“只要自己的努力能够有所回报，那也就谈不上什么可不可怜了。”

“难道还会没有回报？”

芝田手里捧着杯面，有气无力地点了点头。

“好了，那你不如到我这里来吧。我请你吃饭，也请你告诉我些情报。话虽如此，我这里也只有些我吃剩的意大利面。”

“我开心得都快流泪了。不过我这里的情报，或许还不值你剩下的那些意大利面呢。”

换上训练服和运动衫，芝田走进了香子的房间。趁着香子去给自己做蛤仔的时间，芝田看了看香子随手扔在一旁的卡拉扬的唱碟盒子。

“真没想到，你居然还是个古典乐迷呢。”芝田说道。

“我这还只是正打算成为乐迷的啦。”香子说，“那是我今天刚从碟店里租来的。”

“你怎么会突然间对这东西感起兴趣来了？”

“这是灰姑娘的条件啦。因为王子他整天就聊古典音乐。”

“哦？是这么回事啊。”

芝田兴味索然地把唱碟盒子放回了原位。

“想要让对方看中自己，自然也免不了要花些心思的啦。你自己对古典音乐熟悉吗？”

“一点儿都不了解。”

“你平常都听些什么音乐呢？你既然是刑警，大概是喜欢听演歌[1]吧？”

“干吗刑警就非得听演歌啊？我一般比较喜欢听年轻女性的摇滚，尤其是Princess Princess。”

“真没想到，”香子睁大眼睛，把盘子往桌子上一放，“不过能

---

[1] 演歌：日本特有的一种歌曲，可以理解成日本经典老歌，它是综合江户时代日本民俗艺人的唱腔风格，融入日本各地民族情调的歌曲。

有你这样的刑警，感觉倒也挺不错的。好了，意大利实心面。”

“哦，万分感谢。”

芝田开心地往椅子上一坐，拿起餐叉狼吞虎咽地吃了起来。香子问他好不好吃，他也只是点了点头。风卷残云般地扫光了半盘意大利面之后，芝田抬起头来。

“有关那件案子，估计是准备以自杀定案了。”

香子在地毯上坐下身，抬头看着他。

“查到些什么了吗？”

“嗯。”芝田喝了一口水，“毒药大概是氰酸钾吧。目前已经查明那东西的来历了。牧村绘里的房间里有个小瓶子，毒药就装在瓶子里。也就是说，现场残留的那些毒药，就是她自己预备好的。”

“绘里手上怎么会有那种东西？”

香子嘟起嘴来说道。

“问题就在这里了。据说那东西是她从老家带来的。”

“老家？”

“你不知道吗？是名古屋啊。就是出产米粉糕和棋子面的名古屋啦。”

名古屋——

香子还真不知道。之前她也从未和绘里聊过彼此的家乡。

“她是在两年半前到东京来的，参加了一家名为‘皇朝宴会公司’的面试，做了礼仪小姐的。”

“我只知道她是从‘皇朝’那边来的。”

皇朝宴会公司是宴会招待服务中的一家老商号。他们那里随时都保持有两百名左右的礼仪小姐，所有的员工都接受过严格的训练。因为他们录用礼仪小姐时的条件很严，所以即便离开那里单干，从那里出来的自由礼仪小姐也从不缺活儿做。

绘里是在三个月前离开皇朝，到班比这边来的。她这样做的原因，就在于那边实在是太过严格，完全没有自由时间。

“案件发生的三天前，她曾经回过一趟老家。那瓶氰酸钾似乎就是她在那个时候带过来的。”

“从家里带来的……绘里家是开镀金工厂的吗？”

听香子这么一说，正忙着吃意大利面的芝田被噎了一下。他赶忙喝了一口水，扭头对香子说道：“你怎么知道镀金工厂里会用到氰酸钾的？”

“电视里的推理剧中不是经常都会提到的吗？凶手是从镀金工厂里盗走的氰酸钾。”

芝田一脸崩溃的表情。

“这年头的电视剧，真是让人受不了。不过绘里家却并非镀金工厂，而是一家米店。”

“米店？”香子有些困惑不解。

“几年前，他们家的仓库里闹鼠灾，情况还挺严重的。后来老板就从在汽车修理厂上班的朋友那里弄了些氰酸钾来，用来对付老鼠。他们做了些饭团，把毒药掺到饭团里，放到老鼠的必经之路上。只可惜那些耗子根本连看都不看饭团。当时用剩的氰酸钾，就放在他们家的杂物间里。”

“结果就被绘里给带走了？”

“大概是吧。我们一提起氰酸钾，她的父亲就立刻想起这事来了。详细一问，那只装了氰酸钾的瓶子最近的确有被开启过的痕迹。而当我们问起绘里在案发三天前回家的事时，她的父亲也说当时家里并没什么事。如此想来，估计她当时应该是回家去偷毒药的吧。”

芝田吸溜一下，把最后一根面条吸进嘴里，放下了餐叉。

“是这么回事啊。”香子抱膝而坐，把脸埋到两膝之间，“如此说来，她应该就是自杀的吧。”

“不过也存在有不同的意见。”

听芝田这么一说，香子抬起头来说：“不同意见？有人认为她不是自杀的？”

“不，最终结论倒也同样是自杀，只不过在她去偷毒药的时候，或许是本打算逼迫对方也和自己一起殉情的，但结果她却一个人死了——目前也有这样的说法。”

“你觉得这种说法有说服力吗？”

芝田思考了片刻，点头说道：“有一定的道理。只不过当时她准备怎样做，这一点和警方没有任何的关系。问题在于她当时是否存在犯罪的嫌疑。”

“最终却还是没有，是吧？”

香子话音刚落，芝田身旁的电话便响了起来。香子在芝田身旁坐下，把听筒贴到耳朵上，说了声“喂”。考虑到电话恶作剧的关系，香子觉得最好还是不要主动报上姓名。

“喂，是小田小姐吗？”电话的另一头是个男子的声音，而且香子之前也曾听过这声音。

“是我。”

“我是前两天和你见过一面的高见，还记得吗？”

一听这话，香子的脸上便露出了笑容。

“当然记得。前两天真是失礼了。”

见香子说话的语调和声音都突然一变，她身旁的芝田不禁感到有些惊愕。

“我是想履行当时的约定。最近我发现了一家不错的店，不知道你明天有没有时间？”

“明天啊……”

香子的脑海中，浮现起了各种各样的事。明天自己还得上班，想要请假的话，必须得提前一周申请。而且今天也已经休息了。临时假——临时请假的话，是会被列入黑名单的。话虽如此，自己却也不能就这样眼睁睁地看着机会溜走。

“那个，明天几点呢？”香子问道。

“这个嘛，我六点去接你吧。”

6点——这时间是肯定不行的。正当香子如此寻思时，在一旁托着腮发呆的芝田映入了香子的眼中。她突然有了主意。

“嗯，好的。”

“是吗？太好了，那就约好六点了。”

见香子放下听筒，芝田开口道：“是你的白马王子打来的吧？”

“我有个请求。”

香子用右手扶住他的膝盖，左手比了一个拜托的动作，“明天你能给我们公司打个电话吗？就说你们晚上要找我去问话，让我们公司给行个方便。行吗？”

“嗯？”芝田皱起了眉头，“干吗找我啊？”

“刚才的电话你也听到了吧？对方可是高见不动产的年轻专务，这可是关系到我这辈子幸福与否的大事，你就帮我一把嘛。”

“高见不动产？对方大概不会认真的吧？”

“刚开始的时候，不认真就不认真吧。之后我会一口咬住他不放的。”

“一口咬住……”

“拜托了啦。我们不是朋友吗？我不是还给你弄了意大利面的吗？”

香子嗲声央求，晃动着芝田的膝盖。芝田搔了搔头，说道：“怕了你了。那要是露馅了可怎么办？”

“不会露馅的啦。好不好嘛？”

“真的不会？”

“不会的啦。啊，你可帮了我大忙了，万分感谢！为了表示谢意，我去给你冲杯饭后咖啡来。”

香子走进厨房烧起开水来！快乐的感觉让她不由得哼起了歌。

“你这表情和刚才完全不同啊。”芝田说，“我这可不是在讽刺你。你还是开心时的模样比较好看。”

“谢谢，这其中也有你的一份功劳。”香子冲着他一笑，“我经常和绘里说，今后我一定要嫁个有钱人。比起没钱的人来，还是有钱人比较好啦。”

“这倒也是。”芝田一脸复杂的表情。

“虽然我也不该提起已经去世的朋友，但如果绘里泉下有知的话，她也一定会替我开心的啦。你不觉得吗？”

“这我可就不清楚了。”芝田一边摆弄着吃面条用的餐叉，一边叹了口气，“我到现在还对她的死抱有疑惑。”

香子停住了正往过滤器中加咖啡粉的手，望了芝田一眼。之后她皱起眉来说：“上次来的时候你也这么说过……你觉得她不是自杀的？”

“虽然目前我还无法断定，但我的心里却总有几点疑惑。”芝田握住了面前的杯子，“那间房间里有两只杯子，其中一只就是她自杀时用的，而经过仔细观察，我们发现另一只杯子也是湿的。如此一来，那么另一只杯子也曾经被人喝过才对。”

“之前我们所有人都在那间房间里，大概是我们之中的谁喝过的吧。”

“如果是你们喝过的，那应该是喝过就放那儿了吧？你们应该是不会把杯子给仔细洗净擦干的吧？”

“……那倒也是。”

“另外还有一点令人费解的是，绘里把氰酸钾掺进啤酒里喝了下去。能帮我往杯里接点儿水吗？”

香子给芝田接来了水。芝田指着装满水的杯子说：“假如现在有人想要自杀，那么他是先把毒药含在嘴里，然后再用水冲服呢？还是会把毒药掺进水里，再喝下去？”

香子摊开双手，耸了耸肩说：“这事得看个人习惯的吧？”

“或许吧。不过绘里当时却选择了后者。”芝田比了个往水里面掺药的动作，“好了，接下来才是问题所在。如果换作是你，你会往水里倒入多少氰酸钾呢？”

“这我怎么知道？我又不知道喝多少会死。应该会把手头的药粉全都掺进去的吧。”

“对。总而言之，她应该是会往杯里掺入致命的分量才对。好了，现在问题来了。”芝田端起杯子来，继续说道，“这些水，你会怎样喝下去呢？是一口气喝光，还是小口小口地喝？”

“当然是一口气喝光了，小口小口地喝的话，那不是更苦了吗？”

“这样的做法也比较合理。”芝田把杯子往桌上一放，“问题的关键就在这里。站在自杀者的角度来看，应该是会选择自己能够一口喝光的饮品才对。在这一点上，绘里当时选择了啤酒，这一点让人觉得很奇怪。照之前你的说法，绘里的酒量并不是很好，大概也就是一杯啤酒的量。也就是说，对她而言，啤酒并非一种容易入口的饮料。如果她是一心寻死的话，那就应该会选择水或者果汁之类的东西。”

听芝田这样一说，香子也开始站在绘里的角度思考了起来。的确，既然是她在人世间的最后一杯饮料，那么她应该是不会选择自己不大喜欢的啤酒的。

“可是，”香子说，“即便如此，也不能就一口断定她不是自杀的吧？也存在有她临死时一时兴起的可能吧？”

芝田摇了摇头。

“你这话就跟我们那里的前辈一个调调。你这样一个年轻女孩，居然会和那些中年男子持有相同的意见，这可真是有意思——我的见解却和你们不同。我觉得临死之时，人都是很保守的，不会出现一时兴起的情况。”

“可是……”

香子用拳头敲了敲太阳穴，她这人生来就不擅长讲大道理。“对了，当时房门上不是还拴着门链的吗？门链就只能从屋里才能拴上，所以那门链应该是绘里拴上的才对啊？”

“问题就在这里，”芝田说，“我觉得这件事有些蹊跷，而整件案子，其实或许是一场密室杀人。”

“密室？你可真有幽默感。”

嘴上这么说，可香子却笑不出来。

“早就有人笑我了，不过我是不会放弃的。”

芝田一口气喝光了杯里的水，站起身来，“好了，我也差不多该回屋去思考一下凶手的作案手法了。”

“啊，等一下。”香子出声叫住了正向玄关走去的芝田。芝田回过头来。

“明天的事可就拜托了哦，这事可是关系到我终生幸福的哦。”

听她这么一说，芝田的脸上流露出了一丝苦涩。之后，他重重地叹了口气。

“女人可真是够坚强的。”

“晚安。”

“晚安。”

说完，芝田便走出了房间。

第三章 惊闻啜泣声

那是一阵啜泣声。然而，紧随其后的一瞬间，那声音又变成了笑声。那笑声让人感觉很不可思议，但它同样也带着一丝阴郁的悲伤。香子鸡皮疙瘩骤起。

1

翌日正午过后，芝田来到银座王后酒店，与发现尸体的管理员见了一面。这个名叫户仓的管理员是个年过四十的瘦削男子。

“那件案子不是已经解决了吗？”

户仓的脸上流露出明显的困惑。

“我们只是有事想找您确认一下罢了。”芝田说道。“确认”这个字眼倒是挺方便的。“可以让我再看一下现场那间房间吗？那间房间目前还没人使用吧？”

“这倒是……”

户仓稍稍考虑了一下，之后点头说道：“好吧，请跟我来。”

户仓和前台说了一声，拿了203号房的钥匙，迈步向前。芝田赶忙跟了上去。

打开门锁，户仓粗暴地推开了房门。屋里拉着窗帘，光线有些昏暗。床上依旧是乱糟糟的一团。

“案发之后，你们还一直没有派人来打扫过的吧？”

“这间房间里的东西，还没有任何人碰过。”

管理员轻轻地闭上了眼睛。

芝田环视了一圈屋内，小心翼翼地走进了房间。他戴上手套，拉开了窗帘。春日的阳光射进屋里，空气之中飘着灰尘。

芝田看了看窗外。窗外下方是一条大路，路对面耸立着高楼。从窗户里似乎是无法到外边去的。而且在发现尸体的时候，窗户也是上着锁的。

“当时你是和服务生一起发现尸体的吧？”

“对。要我去把那个服务生找来吗？”

“那就麻烦你了。”

户仓面无表情地走出房间，感觉就像是在说悉听尊便一样。

户仓关门出去时，门链发出了哗啦一声响。芝田凑近一看，发现门链被切断的一端依旧拴在门上，晃动不止。

芝田一环一环地调查了门链的环扣。以前曾经有过用钳子掰开环扣的一节，等到出了房间之后，再把门链扣起来的案例。但不管芝田再如何调查，门链上都没有半点曾被人掰开过的痕迹。

听到有人敲门，芝田打开了房门。门外站着户仓和一个服务生。服务生穿着以红色为基调的贴身制服，看年纪大约二十出头。案发当晚，芝田也曾经见过他。记得他应该是叫作森野。

“在你和丸本到这里来的时候，房门上拴着门链是吗？”

“对。”服务生森野回答道。

芝田看了看户仓，说道：“从门外是无法解开门链的吧？”

“对。”户仓断言道。

“所以当时就只有切断门链这一个办法了，是吗？”

“是的。听森野君讲述过情况之后，我立刻就想到了切断门链。虽然有些酒店装的门链质量很差，只要使劲儿一撞就能撞开，但我们这里的却不行。所以我当时立刻拿来了金属钳。”

户仓就仿佛是在强调他们酒店的安全性一样，语气之中带着一丝得意。

“你们这里常备有金属钳的吗？”

户仓的脸上露出了一丝得意的神色：“为了避免类似这样的事发生，酒店中是常备有金属钳的。”

“原来如此……能请你讲述一下，当你们剪断门链，进入房间后的事吗？”

“这事之前我已经说过了……”

“我还想再听一遍。”

听芝田这么一说，户仓故意叹了口气。

“当时，我和丸本先生，还有森野君，我们三个人一起进了房间。刹那间，我们三个人都惊呆了。后来丸本先生说让我报警，我才用那边的电话报了警。”

户仓用手指了指放在两张床之间的电话。

“据说当时你去了一楼？”芝田向森野问道。

“对。当时丸本先生说，酒店里或许还有班比宴会公司的人在，让我去找找看……”

如此说来，当时在这间屋里的，就只有丸本和户仓两个人。而且户仓当时还在忙着打电话。芝田将目光投向了浴室。是否存在有当时凶手就躲在浴室里，而丸本有意放跑了凶手的可能？

“我有个请求。”芝田对户仓说道，“能请你像当时一样地去打个电话吗？只用比个动作就行。”

户仓一脸不耐烦地从两张床之间走过，拿起了电话听筒。芝田从户仓的身旁走过，对森野说：“你到浴室里去一下，之后再尽可能小幅度地打开浴室门，从里边出来。”

森野点了点头，走进了浴室。过了一会儿，就听森野问：“可以了吗？”芝田回应了一句“行了”。

咔啦一声，浴室门缓缓打开。

芝田感到有些失望。很遗憾，从户仓所在的位置上，完全可以看得一清二楚。而且开门时的响声也同样会引起户仓的注意。再怎么说，凶手也不会冒这样的险的。

“可以了吗？”

户仓手里握着话筒，一脸不快地问道。芝田心不在焉地回答了句“可以了”。

这其中一定有什么机关。芝田心想。古今中外，人们曾设计出过无数的密室手法。只要使用了其中的一种，这种程度的密室根本就不在话下……

如果使用了其中一种的话，那就必定会留下一些痕迹。然而事实上现场却没有留下半点的蛛丝马迹。这是为什么？莫非凶手用的是不留痕迹的手法？

痕迹？

芝田快步跑到房门边，看了看门链。

“户仓先生，这房门里怎么不见有剪断门链时的碎片呢？那些碎片都上哪儿去了？”

“还问我呢？碎片不是都让你们这些警察拿去调查了吗？”

“哦……是这样啊？”

芝田连连点头。原来如此，我明白了。是这么回事啊？想得真够妙的——

正如刚才芝田所猜测的那样，凶手——如果不是丸本本人的话，那么就是丸本的共犯，是用钳子或者其他工具打开了锁链上的一环，走出房间，之后又再次把那一环扣上捏紧的。但是，如此一来，扣环上就会留下钳子的痕迹。而当他们再次用金属钳剪门链时，就从之前的那一环上照着痕迹剪开，这样一来，之前使用的那手法的痕迹也就消失了。

如此说来，当时用金属钳剪断门链的人，也正是丸本。

然而这番推理之中却依旧存在疑问。凶手必须事先知道，在遇上那种情况时，酒店里一定会使用金属钳才行。

“户仓先生，你说你们酒店里常备有金属钳，那你们之前是否曾使用过呢？”

“使用过。”户仓回答说，“大概在半年前吧，曾经有过一位总也不来退房的客人。当时我们打电话到房里也没人接听，服务生到门外一看，才发现那位客人在床上犯了癫痫。因为当时房门上拴了门链，我们就使用了金属钳。”

“哦？那这事后来有没有上报纸呢？”

“没有。毕竟这也算不上什么太大的事。”

即使事情没有宣扬，也同样存在有凶手听过相关传闻的可能。

——如此一来，密室的手法也就解开了。

芝田一边摆弄着手里的门链，一边暗自窃喜。这下子，或许就能动摇自杀的说法了。

且慢……

摆弄门链时，芝田突然想起了一件事。他扭头朝户仓说道：“你之前说，当时就只有剪断门链进屋这一种办法。难道就不能用钳子之类的东西掰开锁链上的一环吗？”

既然凶手曾用这办法离开过房间，那么进入房间时又为何不能用这办法呢？

户仓的回答完全出乎了芝田的意料。

“是可以这样做，但这个办法要花费很长的时间。”

“为什么？”

“虽然现在已经取下了，但之前门链上却是套着皮革制成的套子。要打开门链上的一环，就必须先把套子给弄开。与其这样一层一层弄开，那还不如干脆彻底剪断更快些。”

“皮革制成的套子？”

芝田空虚的目光投到了门链之上。“还有这东西？”

“那东西应该也让警察给带走了吧。”

——怎么会这样？

如果门链上套着皮套的话，那就没法用打开锁链上的一环这办法离开房间了。

“那就是说……这房间是无法出入的了……”

“之前我不是曾经说过很多次的吗？”户仓颇不耐烦地说，“门链只有从屋里才能拴上，从屋外是没法解开的。”

2

6点整，门铃响起。香子把胸针别到胸前，又检查了一遍自己脸上的妆，向着玄关跑去。

“晚上好。”

高见带着一脸爽朗的笑容，出现在门口。深绿色的外衣与他很相衬。

“是不是太早了点儿？”

“不，时间正好。”

听到香子这么说，高见露齿一笑。

今天的车是辆丰田Soarer。香子坐上副驾驶座，高见握住了方向盘。二人之间，隔着一部白色的车载电话。

“我喜欢国产车。”高见说。

“奔驰和沃尔沃也挺不错的，但是却不大适合在日本国内开。”

“当然了，其中也存在价格因素。”高见笑了笑。香子也笑了笑。

听对方问起喜欢法式料理还是意式料理时，香子说更喜欢后者。

“你更喜欢意式料理？”高见问。

“看过《玫瑰之名》后，我就喜欢上了意大利这个国家。”

“肖恩·康纳利是吧？我也看过那部电影，挺不错的。”

就在香子心里估摸着大概会到青山附近去时，车子已经驶到了世田谷的住宅街上。当香子还在疑惑这种地方是否有餐厅的时候，高见已把车子停到了一处小小的停车场里。走出车门，眼前果然有幢白色洋馆式样的意式料理餐厅。走进餐厅一看，天花板高悬头顶，墙壁上挂着巨幅的绘画。香子猜想，画上画的或许就是意大利北部的古城吧。

餐厅里排放着十张方形的桌子，只有两张桌旁坐着客人。香子他们被带到了最靠里的桌旁。

“我听说这里的海鲜切片不错。”

说完，高见问香子想要来点什么。香子回答说随意。反正就算看了菜单，她也不知道吃什么好，而且她也从不挑食。

高见随意点了几个菜。虽然之后他又点了瓶红酒，但是又怕酒后驾车被抓。

“那件事后来怎么样了？”

服务生离开之后，高见开口问道。刚开始时香子还有些疑惑，搞不清对方说的是什么事，但之后她便明白对方是在问绘里的事了。

“我也不大清楚，不过听说有可能是自杀的。”

“是吗……”

香子觉察到高见的目光似乎有些游移不定。见她盯着自己的脸看，高见猛地回过神来，笑着说道：“你干礼仪接待这行多久了？”

香子想了想，说道：“三年了吧。”

“一直都在同一家公司里？”

“不，我是在一年前跳槽过来的。如今这家公司总共也才开了一年半左右的时间。”

服务生端来了红酒，给两个人各倒了一杯。碰过杯之后，高见就只是稍稍抿了一口。想到之后他还要开车，香子倒也没有见怪。

“你们公司的社长是叫作丸本吧？”

“对。”香子点了点头，心想他知道的还真不少。大概是因为丸本发现了尸体，报上登载了相关消息的缘故吧。

“开设现在这家公司之前，他都干过些什么呢？”

香子摇了摇头：“这我就不知道了。你问社长的事干吗？”

“没什么。”高见喝了口水，“我觉得这工作挺有趣的，所以就想打听一下干这行的都是些怎样的人。”

“我倒觉得挺没意思的。”

“是吗？也许吧。”

服务生端来了前菜，二人的对话暂时中断。一边品尝着牡蛎，香子一边观察着高见的表情。他今天到底约我干吗来呢——

用餐时，二人的话题一直集中在古典音乐和古典芭蕾上。这对刚刚补习了一番古典音乐知识的香子来说，可谓是恰巧说到了心坎里。唯一美中不足的，就是香子没想到他对芭蕾也感兴趣。

“森下洋子可真是厉害。不知该说是浑然天成，还是该说相得益彰，之前我看的那出《天鹅湖》可谓精彩纷呈。第三幕的‘黑鸟’里，连续32次旋转之后，最初的位置还基本未变过。”

面对这种自己并不很懂的话题时，香子只能微笑着点头。其实，她的脑海里是在盘算着啥时候还得去买本讲芭蕾的书来看看。

吃过饭，两个人品着饭后的意式咖啡时，高见再次提起了那件案子。

“说起来，上次还真是吓了我一跳呢。当时你我二人也是刚一起喝过咖啡。”高见看着自己杯中的咖啡说，“想来她的心中一定也有些苦恼吧。之前她有没有和你说过些什么？”

“什么都没说过。”

“是吗？你和她认识多久了？”

“三个月左右，”香子说，“之前她在一家名为皇朝的宴会公司里上班。”

之后香子又告诉高见，绘里的老家是名古屋，她之所以要跳槽，是因为皇朝那边规矩太多。

“名古屋，果然……”

听到高见的话，香子看了他一眼：“果然什么？”

“不，没什么……我记得之前我好像曾在报纸上看到过。”

说完，他抿了一口咖啡。

用过餐，二人走出店外，高见把车钥匙递给了香子。

“抱歉，你能先上车等我一下吗？我去和店长打个招呼，马上就来。”

坐上Soarer的副驾驶座，香子深呼吸了一口。虽然吃得很饱，但香子心里却并没有得到满足。或许这也是因为她心里的结还没解开吧。

高见为何会如此关心绘里的死？这事和他应该是一点儿关系都没有的啊！还是说，这一切其实是自己太过多虑，他就只是想和自己聊些彼此共同的话题？可就算如此，吃饭时聊自杀的事，这也太煞风景了吧！

就在香子寻思这些事的时候，电话突然响了起来，把她给吓了一跳。

高见依旧没有回来。

香子心中含怨地看了一眼电话。干吗非要在这种时候打电话来啊!

可是……

如果这电话是他的家人打来的话，那可怎么办呢?要是之后他知道自己没接电话，或许会怪自己一点儿都不机灵。如果他的家人说，这种女孩是没资格嫁给俊介的话……

电话依旧响个不停。

香子一狠心，拿起了听筒。有什么大不了的嘛。

“喂。”香子说道。

“……”电话的另一头没有任何的回音。

“那个，高见先生现在……”

说到这里，香子似乎听到了什么声音。是响动?还是说话声?香子连忙把听筒贴紧了耳朵。

那是一阵啜泣声。电话的另一头有人在哭泣。那声音就仿佛是被包裹在一层浓重的黑暗与悲伤之中一样。

然而，紧随其后的一瞬间，那声音又变成了笑声。那笑声让人感觉很不可思议，但它同样也带着一丝阴郁的悲伤。

香子鸡皮疙瘩骤起，她粗暴地挂断了电话，心跳加速，呼吸急促，她甚至能感觉到此刻的自己已经变得面无血色。

刚才那是怎么回事……

两眼盯着白色的听筒，香子摩擦着自己的胳膊。天气并不算冷，但她却感觉自己身上的血液就像是被冻住了一样。

这时候，耳边突然响起了“砰砰”的响声，把香子吓得尖叫了一声。扭头一看，才发现是高见在敲打车窗玻璃。她松了口气，打开了车门的门锁。

“让你久等了。”说着，高见坐进了车里，“这家店感觉还不错吧？价格也挺实惠的……我脸上有什么东西吗？”

“没什么。”香子摇了摇头，“承蒙款待了。”

“下次一起去尝尝法式料理吧。我在一家常去的店里存了瓶不错的红酒……”

电话声响起，打断了高见的话。高见抓起听筒贴到耳边：“我是高见。”

高见的表情瞬时间变得狰狞起来。香子确信，电话里传出的就是刚才自己听到的声音。

“是我。”高见说，“晚安。”

仅此一句话。之后他便若无其事地放下听筒，发动了车子。可当他放下手刹的时候，他又若有所思地扭头看了看香子。

“刚才……你接过电话？”

高见的声音变得低沉。

“没有。”香子摇了摇头。然而，甚至就连她自己也觉得戏演得很蹩脚。

高见扭头望着前方，一言不发地缓缓启动了车子。

3

眼望着窗外川流不息的车流，香子的脑海中回味着那通电话。那究竟是怎么一回事？然而香子却无法开口道出自己心中的疑问。一种不容他人置喙的感觉，渗透在高见的侧脸上。

“还想再见面吗？”

车子来到香子住的公寓前时，他开口问道。香子本想问问他说这话的目的是什么，但她却默默地点了点头。目的是什么，这其实真的不重要。只要还能见面，机会自然会随之而来。

“改天请你尝尝我的手艺吧。”

香子下定决心，把话说出了口。老实说，其实她对自己的厨艺并没有多少自信。

“真是令人期待。”高见淡淡一笑，之后表情又立刻变得严肃起来，“那就真的下次再见了。”

轻轻握过手，二人道了别。眼看着Soarer的尾灯消失在了远处，香子迈步向着自己的房间走去。

走进自己的房间之前，香子先敲了敲芝田的房门。屋里传出一声冷淡的应门声，房门被人打开。

“情况如何？”刚一看到香子的脸，芝田便开口问道。

“各有输赢吧，”香子的话听来让人有些摸不着头脑，“今天真是多亏你帮忙了，我是来向你道谢的。”

“又何必客气。”

“你的家似乎还没整理好啊？”

香子探头望了望屋里。屋里还乱七八糟地堆放着各种物品，只有组合音响已经安置妥当，播放着Princess Princess的曲子。“我可以进屋坐会儿吗？”

“可以啊。坐的地方倒是还能挪得出来。”

香子走进屋里，果然就只有“坐的地方”。屋里到处都是打开的硬纸箱，水池里的餐具堆积如山，垃圾筒里全都是杯面的空盒。

“你打算这样子堆到什么时候？”

香子选了个还算干净的硬纸箱，坐到了纸箱上。

“你就别再说啦，我自己也不愿这样的。”

芝田走进厨房打开冰箱，拿出两罐啤酒，绕过满地的纸箱，把其中的一罐递给了香子。香子接过啤酒，道了声谢。

“今天我去了趟你们公司。”芝田拉开易拉罐上的扣环。

“你还专程去了一趟？”

“我可不是专程去帮你请假的。我是去打听你们丸本社长的名声的。”

“你在怀疑社长？”

“对发现者存有疑心，那可是一种假说。经过一番询问，我发现有两点可疑之处。”

“哪两点？”

“其一，丸本和绘里的事，你们公司里几乎就没人知道。然而他与江崎洋子的事却尽人皆知。”

“大概是他和绘里之间还没多久的缘故吧？”

香子咕嘟一声，喝了一大口啤酒。自从和高见坐下吃意式料理时起，香子就想喝口啤酒了。

“当然也存在有你说的这种可能性，不过这事却总让我觉得有些奇怪。另一点就是有关丸本的出生地了。那家伙也是从名古屋来的。”

香子险些把嘴里的啤酒喷了出来，“又是名古屋？”

“对，又是名古屋。”

芝田抬起酒瓶，微微一笑。

“绘里来自名古屋，丸本也来自名古屋。我觉得这件事并非只是巧合，其中必定另有隐情。”

“有什么隐情？”

“这我还不太清楚，所以我要调查一下。”芝田喝了口啤酒，说道，“明天我请了假，准备到名古屋绘里的老家去一趟。”

“绘里的老家啊……”

突然间，香子的脑海中浮现出了高见的面容。他对绘里的事似乎很感兴趣，而且还知道绘里的老家在名古屋。

“我说，”香子开口说道，“我可以和你一起去吗？”

芝田喷出了嘴里的啤酒。“你去干吗？”

“有什么不可以的嘛。之前我也没去参加绘里的葬礼，就是想去给她上炷香啦。而且有我在的话，对方的态度也不会太过强硬的啦。”

“你还要请假溜号啊？”

“这事不会有问题的啦。明天正好没工作。就这么定了。”

“怕了你了。”芝田苦笑着说，“反正我也想找个女孩子一起出去旅行一下。”

香子跷起腿来，两手托腮，呵呵直笑。

“你这人够爽快，我喜欢。”

“谢了。”芝田说道。

这天夜里，香子做了个噩梦。她梦见自己被拖进了深深的黑暗之中，耳畔再次响起了之前听到的啜泣声。

4

第二天一早，香子和芝田便坐上了东京站始发的新干线。虽然没有买到指定席的车票，但两张票却正好并排而坐。昨晚一宿没睡好的缘故，刚一发车，香子便迷迷糊糊地睡着了。

醒来时，车窗外已经可以远远看到富士山了。晴朗的天空下，湛蓝的天空衬得富士山格外耀眼。

芝田闭着眼听着随身听。香子看到他的脚正随着旋律打拍子，便能知道他并没有睡着。或许是感觉到香子开始轻轻动弹的缘故，他缓缓睁开了眼。

“你还可以再睡会儿。”

“你在听什么？”

“Tiffany。”

“我也要听。”

芝田取下耳塞，塞进了香子的耳朵。

他从夹克衫的内衣兜里掏出了一本小册子。不是警察手册，翻开的那一页上，似乎画了些图。仔细一看，香子才发现那是王后酒店203号房间的俯瞰图，还有门链的图画。

下了新干线，走出检票口时，时间正好是9点整。刚走出检票口，迎面便是一幅巨大的壁画，壁画前站着一群接站的人。

“接下来怎么办？”香子问道。

“坐地铁，到‘一社’站下车。”

二人走了很远才来到地铁站，站里拥挤不堪。不管什么地方，地铁站都同样拥挤啊。香子不禁心想。

出了“一社”站，芝田一手拿着地图，向北迈步而去。香子问他这里是什么地方，他回答说是名东区。香子哼了一声。即便知道了地名，她也不清楚自己所在的位置。

绘里的老家离“一社”站并不近。临街是一片停车场，停车场里边有几家店。右边相邻的是家报刊亭，左边则是间咖啡馆。

看到香子和芝田来了，守店的绘里的父亲开心不已。绘里的父亲满头白发，面相和善，他连忙从屋里叫出了绘里的母亲。

两个人对绘里的父母做了一番自我介绍。听说香子是绘里生前的同事，老夫妇的脸上露出了开心的表情，可当他们听到芝田说自己是名刑警时，两个人的表情又变得紧张了起来。芝田赶忙解释，说他这次是以个人身份来的。

夫妇二人带着他们来到祭坛前，让两人给绘里上了香。之后，夫妇两个人便开始拉着香子问长问短。绘里在东京生活得怎样？是不是有什么烦恼？到头来，就连绘里的父母也不明白绘里为何要自杀。

“绘里小姐是在这边的短大英文系毕业的吗？”

听了芝田的提问，夫妇二人点了点头。

“毕业之后，她都做过些什么呢？”

“在补习班里当过一段时间的任课教师。”绘里的母亲答道。

“直到三年前。”

“那她后来又为何要到东京去呢？”

听芝田这样一问，夫妇二人彼此对望一眼，露出了困惑的表情。香子觉得他们的内心正在犹豫不决。

“不清楚。”绘里的父亲想了一阵，回答说，“大概年轻女孩都会想到东京去闯一闯的吧。”

“原来如此。”

这次轮到香子和芝田二人面面相觑了。芝田冲香子使了个眼色。

“请问能让我们看一看绘里生前住的房间吗？”香子问道。

“请跟我来。”绘里的母亲起身说道。

绘里的房间在二楼上，面朝南侧，大小约有六叠，屋里放着书桌和柜子。估计房间里的摆设应该还是她上学时的样子。

“之前回来的时候她还好好的，结果没多久就发生了这种事。”

悲伤再次从心底苏醒，绘里的母亲擦拭了一下眼角。

香子看了看墙上贴的海报，又瞟一眼书桌上堆放的书本。芝田则翻开了相簿。

听到楼下有人叫自己，绘里的母亲下了楼。与此同时，芝田说了声“你看这里”，把相簿递到了香子的面前。照片上是绘里年轻时的模样，看上去不但比香子印象中的绘里要胖一些，而且化的妆也不一样。

“真可爱。惹得我又想哭了。”

“要哭过会儿再哭，你先看看这里。这照片又细又长，感觉挺不自然的吧？这是有人修剪过的照片。”

听芝田这么一说，香子也感觉的确如此。而且这样的照片还不止一张。

“你看看最后拍下的这一页。每一张上都只有绘里一个人。准确地说，是除了绘里之外，照片上的其他人全都被剪掉了。而且照片上的断口还很新。”

“这是怎么回事？”

“这还用说吗？照片的另一端上，是绘里的恋人。可是她的父母却不愿看到她的恋人，所以就剪下扔掉了。”

“他们怨恨绘里的恋人？”

“或许是吧，我也不大清楚。”

听到楼下响起了脚步声，芝田把相簿插回到书架上。绘里的母亲说了句“茶已经沏好了”，两个人走下了楼。

喝过茶，和绘里的父母随意聊了几句，二人起身准备告辞。正在这时，长子规之送货回来了。规之长得人高马大，满脸胡须，但笑起来却又会给人一种温柔的感觉。

规之说要开车送香子和芝田去名古屋车站，两个人便领了对方的一番好意。车子是辆斯巴鲁的观光车。规之笑着说这车也可以用来送货。芝田坐到了副驾驶座上，香子则坐在后座上。

“我爸妈他们很开心吧？之前他们就一直在担心绘里在东京生活得如何。”规之说道。

“能请你告诉我们绘里小姐她为什么要到东京去吗？”

听到芝田如此问道，规之沉默了起来。

“是因为绘里小姐的恋人吗？”

过了好一会儿，规之才反问了一句："你为什么会这么想？"

"我们看了绘里小姐的相簿。照片上的另一个人全都被剪掉了。"

规之轻轻哼了一声。

"我说过让他们别干这种无聊的事，要是让别人看到的话，反而会让人觉得奇怪的。可他们就是看不惯那男的……"

"能请你再说详细些吗？"芝田冲着规之的侧脸问道。

规之却依旧一声不响地操纵着方向盘。

半晌，规之终于开口说道："那家伙是个无名画家。也不知道绘里是看中了那家伙的哪一点，她甚至说过想要嫁给他。可爸妈却坚决反对这门亲事。"

"那个人后来怎样了呢？"

规之再次沉默不语。虽然这次他沉默了很久，但芝田和香子却一直耐心地等着他开口。良久，规之开口道："死了。"

"啊？"芝田和香子同时惊叫起来。

"那家伙后来死了。"规之说，"这件事让绘里受了很大的打击……为了忘记那家伙，绘里就上东京去了。别让我再说下去了，我不想再提起这件事了。"

"怎么死的？病故吗？"芝田又问。

然而这一次规之却再没有回答。

下了规之的车后，芝田向着出租车招呼站走去。

"你要上哪儿去？"

"跟我来就会知道的啦。"

芝田坐上出租车，问司机是否知道"鹤舞公园的进步补习班"。听司机反问是不是车站北边的那家，芝田回答说应该是的。

"那里就是绘里之前上班的地方？"香子问道。

“她的书桌上，有张印着‘进步补习班’字样的垫子。所以我就猜测了一下。”

“不愧是刑警。”香子钦佩地说。

出租车停在了一条车流很急的路上。道路两旁，高楼大厦鳞次栉比，其中的一栋大楼上悬挂着一块偌大的牌子，牌子上写着“进步补习班”的字样。

大楼里安静得令人感觉窒息。进门右手边，有一间玻璃围成的事务所。往里走是教室，看样子现在还在上课。

趁着芝田找事务员询问的工夫，香子翻了下宣传手册。小学课程、初中课程、高中课程、复读课程，课程内容一应俱全。能在这种地方当讲师，估计绘里的英语水平也不一般。既会讲英语，相貌也还不错的话，当个礼仪小姐，自然是不在话下。

芝田走回香子身旁。

“之前和绘里关系最亲密的人现在正在上课。现在离下课还有半小时，我们就先等一会儿吧。”

“我们到外头去散散步吧？”香子提议道，“我想到鹤舞公园里去转转。”

“还是先吃午饭吧。路对面就有家棋子面馆。”

“你还看得挺仔细。”

“今天你可一直在夸我哦。”

面馆仿造日本的旧式住宅，门外的水车不停地旋转。因为还不到午饭时间，所以店里基本上没什么人。两个人在一张四人围坐的桌边面对面坐下，点了棋子面和棋子面套餐。套餐里包含了五目饭。

“你是怎么看的？”香子问道。

“什么怎么看的？”

“绘里恋人的事啊。刚才规之也没说清楚她的父母讨厌她恋人的原因。而且他也没说那人为什么会死了。你不觉得奇怪吗？”

“是有点奇怪。”

芝田用牙签在桌上写写画画。

“莫非是死于什么怪病？”香子随口猜测道。

芝田抬起头来说：“怪病？”

“这种话，你让我一个女孩子家怎么好意思说出口嘛。”香子端起了茶碗。茶水香气四溢。

“应该不是病死的。如果那人是病死的，规之完全可以随口捏造个病名出来。”

“这么说倒也是。警方就一直没有到这里来调查过有关绘里的情况吗？”

“基本上没做过什么调查。目前大伙儿都把目光集中到了她和丸本的关系上，对她在名古屋的生活似乎没有什么太大的兴趣。”

既然断定了是自杀，那就更是如此了。香子心想。

“哦，终于上来了。我的肚子也饿瘪了呢。”

两眼盯着桌上的棋子面套餐，芝田喜形于色。

回到补习班，二人在会客室里见到了一位名叫富井顺子的女讲师。顺子的年纪在30岁左右，与其说是讲师，她给人的感觉更像是位家庭主妇。关于绘里的死，她早已有所耳闻。据说是爱知县警告知了她这件事的。

“当时警方问我最近有没有和牧村见过面，我回答说自从她在补习班辞职之后，我不但从没见过她，甚至都没有过任何联系。”

“真是这样的吗？”芝田问道。

“是的。”顺子斩钉截铁地回答道。声音异常洪亮。

“我们想找您询问一下有关绘里的恋人的情况。她在名古屋这里的时候，曾经和人交往过吧？”

听到芝田的问话，顺子略显困惑地低下头去，眨了眨眼。

“对方是个无名画家，”芝田说，“听说绘里的父母还很反对绘里和他在一起。”

顺子抬起头来说道：“具体的情况我也不大清楚，不过我听说她的确和这样一个人交往过。”

“那人叫什么名字？”

顺子稍稍犹豫了片刻，之后她开口说道：“听说是叫Ise……”

“Ise？‘伊势志摩’的‘伊势’吗？”

“不，是‘伊势’的‘伊’，‘濑户’的‘濑’。”

伊濑。芝田用手指在桌上画下了这两个字。

“听说他已经过世了？”

“是的……”顺子点了点头，盯着芝田的脸说，“那个……您不记得了吗？之前报纸上还大肆报道过的……”

“报纸上？”芝田露出一脸惊异的表情，“他做了什么吗？”

顺子深吸了一口气，目光在芝田和香子的脸上来回游弋。

“他自杀了。自杀前，他留下了一封遗书，说他曾经杀过人……”

“杀过人？”

说完，芝田立刻惊呼了一声。

“对。”富井顺子说，“就是高见不动产的社长被杀的那件案子，凶手的名字就叫作伊濑。”

第四章

结成共同阵线

『你大概也是对绘里的死抱有疑问，所以才来和我说话的吧？』

总而言之，既然你我目标一致，那就来结成一条共同阵线吧。

1

与芝田一同去了趟名古屋之后，第二天，香子她们来到赤坂王后酒店上班。这家酒店与上次发生案件的银座王后酒店属于同一级别。

这天晚上的派对，据说是某超市社长60岁的寿宴，听起来并不是什么热闹的宴会。

“据主办方要求，社长的周围必须时常有几名礼仪小姐陪伴。”

在准备室里，营业社员米泽对香子等人说道。

“还有就是从主宾席开始往下，每张桌旁都必须有一名礼仪小姐。而末席还有一些空余，但这些桌边坐的都是普通社员和系长之类的，并不需要陪酒。即便杯里空了，也不需要给他们倒啤酒。此外，如果有年轻社员醉酒后纠缠不休的话，请立刻转告江崎小姐。好了，大伙儿今天也鼓起干劲来吧。”

派对的出席者大约有两百人，而相对地，礼仪小姐就只有20名。因为其中的几人还得陪在那个长得就跟沙皮狗似的社长身旁，所以香子她们每个人都得同时应对十几位宾客。宾客们全都是些年过四十的中年男子，其中有些人还带着明显的不良企图，跑来和礼仪小姐搭讪。遇到这样的情况，香子她们就只能面带笑容，对那些宾客的话左耳进右耳出。

有时，也会有些年轻社员闯到香子她们所在的地方。一般情况下，这些人都是来询问一些无聊的事来的。一眼看上去，他们的长相也还算英俊秀气，而且他们自己似乎也对自己的长相颇有自信，觉得只要自己一出手，香子她们这些礼仪小姐就会轻易上钩。

只要香子她们和年轻社员聊上几句，江崎洋子就必定会过来询问那些年轻社员有没有来纠缠。估计这些情况都会被报告给他们所在的公司，成为检查他们在公司外品行的材料。当个工薪族可真不容易！

因为没有人明显是来纠缠自己的，所以香子把自己这边的情况如实汇报给了江崎洋子。就算真有这样的情况出现，香子也是不会打这种小报告的。反正自己与他们这些靠薪水度日的工薪族是没什么过节的，又何必非和人过不去？如今她的心里，就只有高见俊介一个人。

可是……香子盛菜的手突然停了下来。俊介他真的与绘里的死没有半点关系吗？

昨天在名古屋打听到的情况，再次在香子的脑海中复苏。

直到三年前，牧村绘里都一直住在名古屋，她的身边还有一个名叫伊濑耕一的画家恋人。可据说后来那个伊濑杀了人，之后他自己也自杀了。

没过多久，绘里便到东京来了。她这样做，或许是为了从事件的打击中重新站起来。

问题的关键，还在于伊濑当时杀的那个人。他杀掉的人，居然是高见不动产当时的社长，名叫高见雄太郎。虽然高见不动产的本部设在东京，但雄太郎的老家却在名古屋。

香子对高见雄太郎被杀一案的情况几乎一无所知，而芝田却似乎多少知道一些。在回程的新干线上，他似乎一直在思考着什么。香子开口询问，他也只是随口敷衍上两句。

所以，今天在去美容院的路上，香子顺道去了趟中野图书馆，查了下三年前发生的案件。翻阅过大量的缩印版报纸之后，香子了解到了如下的内容。

三年前的秋天，有人在爱知县爱知郡长久手町的路旁发现了一辆被人遗弃的黑色奔驰车。调查过车牌号码后，警方发现这辆车的车主正是前些天行踪不明的高见不动产社长高见雄太郎。经过对附近地区的搜查，警方在距离该车200米左右的草丛里发现了雄太郎的尸体。尸体身着黑色西服，身上残留有曾经与人发生过争执打斗的痕迹。死亡推定时间大约在前日夜里的10点至12点之间，死因是遭人掐住喉咙窒息身亡。从现场的状况来看，警方推测死者是在倒地之后被人从正面掐死的。

除了钱包不见了之外，尸体身上的其他物品似乎并未丢失。劳力士手表、奔驰的车钥匙和车上的进口打火机都还在。据说钱包里应该装有20万日元左右的现金和两张信用卡。

虽然爱知县警很快便立案展开了调查，可是却始终无法找到目击者。之所以会如此，主要是因为现场周围全都是高山和农田，几乎就没有什么人家。虽然车子往来较多，但很少有人会徒步经过，而且案发的时间也较晚。

随着调查行动的深入，案件浮现出了许多疑点。其一就是高见雄太郎自身的行动。案发当夜，雄太郎为何会到现场去，这一点就已经让人百思不得其解了。从他的行程表上看，他甚至连路经长久手町的计划都没有。

或许是高见雄太郎与人约定在现场见面吧——搜查当局如此推断。但对手究竟是谁？警方完全找不出任何的头绪来。与案件有关的人也都说想不出来。

然而两天后情况却发生了急转直下的变化，整个案件彻底解决。

千种区的公寓中，一名年轻男子上吊自杀，而这名男子正是杀害高见雄太郎的凶手。男子名叫伊濑耕一，在自杀时留下了遗书，说自己就是杀害高见雄太郎的凶手。但遗书中却并未写下他的犯罪动机和详尽的解释。警方在公寓室内的抽屉里发现了高见雄太郎的钱包，钱包里的东西基本没动过。

其后爱知县警也曾展开过行动，以图验证伊濑就是凶手的说法，而结果表明这一切都是事实。案发当晚，伊濑曾向租车行租借过车辆，而该车的行驶距离也与到现场走个来回的距离一致。当然了，伊濑当晚也没有不在场证明。

然而有件事却直到最后也未能查明。那就是伊濑与高见雄太郎之间的关系。这两个人之间存在着怎样的关系，这一点始终是个谜。到头来，警方只得以伊濑因穷困潦倒而租车抢劫，而对象正好是雄太郎的结论草草结案。自不必说，这样的结论并不能令人信服。

“发什么呆呢？”

耳边响起一阵低语，香子这才回过神来。只见江崎洋子正一脸狐疑地盯着自己。

“怎么回事？得好好工作才行啊！”

香子缩了缩脖子。

“抱歉，我在想事情……”

说完，香子向着宾客聚集的桌旁走去。这种时候，还是“三十六计，走为上”。

一边给宾客们倒酒，香子再次陷入了思考之中。这次的事的确让她挺放心不下的。

——问题的关键，就在于这一切是否真的是事出偶然。

香子想到了绘里的死和高见俊介。绘里曾经的恋人是杀害高见雄太郎的凶手，而俊介又是高见不动产的专务。从姓氏相同这一点来看，二人之间或许存在一定的血缘关系。说不定俊介其实就是高见雄太郎的儿子。而俊介又曾在绘里被杀的现场出现过——如果说这一切全都是巧合，感觉似乎也太过牵强了些。芝田他们坚信这其中必有联系。昨天他那种怪异的态度，就是最好的证据。

——如果这一切并非巧合……

香子开始觉得，俊介接近自己，说不定是抱有某种意图的。

2

高见不动产的本社大楼位于银座五丁目。在香子上班接待的时候，芝田为了约见高见俊介，来到大楼对面的咖啡厅里等候。白天，芝田便已经预约过了。因为事务繁忙，如果能在公司的会客室里聊个十分钟左右就已经很不错了，所以高见提议说不如晚上找个时间好好聊聊。对方的提议完全出乎了芝田的意料。

——30出头，就已经当上了不动产公司的专务了啊！

抬头仰望着耸立于夜空之中的大楼，芝田无力地叹了口气。俊介是如今的高见不动产社长高见康司的儿子，而康司则是雄太郎的弟弟。要说人家生来命好，倒也确有其事，但就俊介的学历和之前的业绩来看，也不得不说他是名精英——也难怪她会对他如此痴迷。

芝田回想起了小田香子装傻充愣的模样。昨天，在回程的新干线上，她似乎也已经觉察到了高见俊介与案件之间的关系。既然牧村绘里就是杀害雄太郎凶手的恋人，那么她会对此感到挂心，也是不无道理的。芝田自己也同样如此。所以今晚他才会跑来约见俊介。

上司对于芝田的报告并不抱什么太大的期待。首先是有人抱怨他利用休假擅自行动，说是这种事情应该先和上司商议一番，搜查是一种团队合作云云。跑去找上头商议的话，上头铁定会驳回提议的——然而芝田却并没有对此说些什么。

此外，头儿对牧村绘里的恋人就是杀害高见雄太郎的凶手——伊濑耕一这件事似乎也没有什么兴趣。或许这就只是个巧合吧。如今高见不动产发展迅猛，各种场合都会有他们的人露面。就算高见专务出席了那场派对，这种事情也丝毫不足为奇。退一万步讲，那件案子根本就是自杀，不会有错的。

然而芝田却坚持自己的观点。总而言之，他就是想调查一下高见俊介这个人。调查过情况之后，若是真的无法查明些什么的话，那么芝田自己也就死心放弃了。听过芝田的说法，头儿也实在拿他没办法，但是头儿却说这事只能由芝田自己单独行动，而且还要注意别把事情做得太过火，免得对方找上门来。“我明白。”芝田精神饱满地回答。

7点整，一名身穿墨绿色西服的男子出现在店里。男子先是在店里环视了一圈，注意到芝田身上的衣服之后，男子一脸紧张地走了过来。芝田穿了一件人字领的苏格兰呢夹克，这就是他们见面辨识对方的标志。

两个人正在向彼此自我介绍，服务生便已走了过来，高见点了一杯卡布其诺，芝田则续了一杯可可。

“您找我有什么事吗？之前我在报纸上看到报道，那件案子似乎已经以自杀结案了吧？”

高见投来了窥探般的目光。之前的电话里芝田已经说过，是有关礼仪小姐之死的事。

“也不是什么要紧的事，就只是找您确认一下罢了。当然了，目前自杀的说法并没有任何改变。”

“目前？”

高见一脸惊讶的表情。芝田故意视而不见，继续问道：“那天您是第几次出席‘华屋’的派对呢？”

“第三次，”高见回答，“第一次是去年春天，第二次是秋天，然后就是这次了。”

“原来如此。您和‘华屋’之间，就只是工作上的往来吗？”

“在开设横滨分店时，他们曾来找我帮过忙，从那之后，我和他们之间便开始有了往来。”

服务生端来了卡布其诺和可可，两个人之间的对话暂时中断。

“有关那个自杀的礼仪小姐，”芝田喝了一口可可，抬起头说，“在出席派对时，您有没有和她说过话？”

“没有。”

高见轻轻摇了摇头。

芝田觉得他说的应该是实话。之前香子曾经告诉过芝田，当时高见并没有接近过绘里。那天的派对上，香子的目光就没有从高见身上挪开过。

“我可以问一句吗？”高见主动发问道。芝田默默点头。

“您为什么要来找我呢？虽然我也同样是相关人员，但我就只是出席了那场派对而已，关系似乎并不是很深。”

高见的话里带着一丝嘲讽的味道，然而他却并不焦躁。

试着套一下话吧。芝田心想。

“最近，我在调查牧村绘里小姐的自杀动机时，发现了一件很有意思的事。她生前曾经是伊濑耕一的恋人。您知道伊濑耕一这个人吗？”

“不知道。”高见偏起脑袋说，“是个歌手吗？”

直觉告诉芝田，对方这是在演戏。高见这是明知故问。

“您忘记了吗？伊濑耕一就是杀害高见雄太郎的凶手啊。”

听到这里，高见才一脸吃惊地大张着嘴，连连点头。

“您说的是那个人啊？我想起来了。对，是有这么个人。那女的就是伊濑的恋人啊？”

“这些都已经是过去的事了。所以我猜想，或许那场派对上她曾经和您接触过，不知是否有过这样的事？”

“没接触过。”斩钉截铁地回答过问话之后，高见又喃喃自语般地说道，“是吗？原来是她……这可真是有够巧合的呢。”旋即，他又换上了一副深沉的表情。在钦佩对方功力之深的同时，芝田也开始理解了香子心中的感受。

“那件案子发生时，高见先生您人在何处呢？”

“那件案子？您是指我伯父的那件案子吗？”

“是的。”

“当然是在这边喽。”回答过问题后，高见又转而问道，“话说回来，那件案子与礼仪小姐自杀的事之间存在什么关联吗？”

“目前还不大清楚，”芝田说，“我们正在调查。不放过任何蛛丝马迹，彻底将案件调查清楚，这就是我们的职责所在。”

“原来如此。”

高见端起杯子，喝光了杯里剩下的卡布其诺。看着他把咖啡喝完，芝田再次开口问道：“发生自杀骚动的时候，您还留在酒店里的吧？”

“当时我和客户正在大厅里谈生意。”高见放下杯子说道，“要我说出那位客户的姓名来吗？”

“如果方便的话，还望告知。”

听芝田这么说，高见从西服的内衣兜里掏出了一个卡式计算器一样的东西来摁了一阵，之后让芝田看了看液晶屏上的文字。液晶屏上显示着对方的姓名和联系方式。这东西大概就是最近流行的电子名片本吧。

“真够方便的。”芝田一边往自己的手册上誊抄，一边感叹道，“这东西大概可以记录下几百甚至几千人的联系方式吧？”

“是的，但其实根本就没必要。”见芝田誊抄完毕，高见把电子名片本塞回了衣兜，“您还有什么要问的吗？”

“暂时没有了。感谢您的配合。”

芝田低了下头，抓起账单站起了身。高见突然出声叫住了他：“请等一下。那件案子真的是自杀吗？刚才您在讲述有关话题时，曾经说过‘目前’这样的字眼。”

高见投来了认真的目光。芝田被对方打了个措手不及，赶忙挪开了自己的目光，但他随后便又将视线转回到对方脸上，耸了耸肩。

“我已经说过……就目前而言，应该是自杀的。但如果之后又发现了什么新情况的话，那就另当别论了。”

“是这样啊……”高见轻轻瞟了一眼窗外的高见不动产大楼，从芝田手中抽走了账单，“我来吧。”

“啊，可是……”

芝田的话还没说出口，高见便已向着柜台迈出了脚步。眼望着高见远去的身影，芝田只得跟着说了句“那真是谢谢了”。

3

工作结束之后，香子她们回到了准备室里。营业社员米泽正在房间里等着她们。

电视开着，屏幕上播放着适合儿童观看的电影。

“大伙儿辛苦了。”

米泽迎接了这帮礼仪小姐的归来。

“米泽你可真是幸福。”浅冈绫子瞥了一眼电视，说，“我们去应对那些老头子时，你就只用躺在床上看看《哆啦A梦》就行了。”

“话也不能这样说啊？独自一人等待也是很无聊的啦。”

米泽嘟起嘴，关掉了电视。

“关掉干吗？就你一个人可以享受啊？”

绫子又重新打开了电视。

米泽无奈地搔了搔头，问道：“真野由加利和角野文江在吗？”

房间的角落里有两个人举起了手。角野文江倒是经常见到，但另外一人，香子还是头一次遇见。

“两位辛苦了。”

米泽分别递给两个人一只信封。她们二人是兼职礼仪小姐。与香子她们这些常规礼仪不同，兼职礼仪的劳务费是当日结算的。

香子梳理着头发，江崎洋子则在她身旁补着妆。米泽走到洋子身旁。

“那个叫真野的女孩如何？”

香子听到米泽小声地对洋子说道。

“挺好的啊？”洋子两眼盯着化妆盒说，“没什么小动作，对应宾客时从容大方，是个可以用的人。”

“是吗？听说她之前曾在‘皇朝’待过，这下子看来应该是真的了。”

米泽满意地点了点头，转身走开。

在“皇朝”待过？

这句话在香子脑海里不停回响。记得之前绘里也是这样的。

见真野由加利打扮结束，走出房间，香子也走了出去。由加利身材高挑，走起路来英姿飒爽，腰间系的珐瑯腰带，衬得她的身材格外姣好。

听到有人叫自己，由加利的眼中露出了几许疑惑。

“你认识牧村绘里吗？”

听对方突然开口询问，由加利不由得警觉了起来：“你是？”

“我叫香子，小田香子。”

“哦……”由加利的表情缓和了几分，“原来你就是香子啊？之前我常听绘里提起你。”

“你和绘里……”

“是朋友。而且还是关系最好的那种。”

真够巧合的。香子心想。这可是打听绘里的过去的最佳对象。

“咱们找地方喝杯茶去吧？我有些话想问你。”

听香子这么一说，由加利撩起长发来说：“好啊。不过你也得回答我几个问题才行。”

“什么问题？”

“还用说吗？肯定是有关绘里的事情啦。”

说着，由加利冲香子挤了挤眼睛。

因为由加利说附近有家她很熟的酒吧，所以二人决定到那里去聊聊。那家店在大楼的地下层，有扇仓库一样的大门。店里很宽敞，左侧是一条长长的吧台。香子二人在角落里的一张桌旁坐下了身。

由加利和一名貌似经理的男子聊了几句，之后又对那男子说：“我们有隐私的事要聊，请你们不要过来。”

“好了……”由加利喝了一口兑好的酒，跷起二郎腿来说道，“你想问些什么？”

“这个嘛……”香子看了看对方的脸，感觉她的美貌似乎与化妆并没有什么太多的关联，而这一点也让香子佩服不已，觉得自己也得好好学学。

“你和绘里交往了大概多长时间？”

由加利从包里掏出香烟，先深深地吸了一口。

“自打她到东京来，我和她就开始交往了。当时我们是同时进的‘皇朝’。”

“你最近有没有和她见过面？”

由加利手里夹着香烟，稍稍偏起了头。香烟的烟气缭绕不止。

“大概两三周前吧，我们曾经见过一面。”

“当时你们都聊了些什么？”

“你问这个干吗？”

“这个……”

见到香子语塞，由加利笑了起来。

“也就是说，你也无法认同？”

“无法认同？”

“无法认同绘里自杀的事，是吧？”

香子不知道该如何回答。她完全没想到对方会问出这样的问题来。从由加利之前的模样来看，对方似乎也并非偶然跑来班比宴会公司做事的。

“那结论实在是让人难以认同。”

由加利在烟灰缸里摁灭了刚抽了一半的香烟。她的表情骤然变得严肃了起来：“她是不可能会自杀的。”

“我说，”香子探出身去，观察了一下周遭的情形，周围似乎并没有人偷听，“你不会是为了调查绘里的死，才到班比来的吧？”

由加利意味深长地一笑。

“算你说对了。不过来这里的头一天就遇上了你，还真是够幸运的呢！你大概也是对绘里的死抱有疑问，所以才来和我说话的吧？”

“对。”香子点头。

“那我们就一起来合力调查吧。你为什么觉得她不是自杀的？”

“怎么说呢……直觉吧。”

其实，刚开始时香子对绘里的自杀并不抱有任何的疑问。受了芝田的影响，同时也出于对此事与高见俊介之间的关系的担心，香子这才开始调查起了有关绘里的事。但此刻要是和对方直说的话，或许是会搅乱这场谈话的。

“直觉啊？我自己倒也存在这方面的想法。不过仔细想想的话，其实这事也挺蹊跷的。你们公司的社长是叫丸本吧？虽然我不清楚他是个怎样的人，但绘里是绝不会对任何人那样死心塌地的。再说了，这年头哪儿还有人会为失恋寻死的？”

或许是情绪有些激动的缘故，由加利的嗓门提高了几分。见吧台边的几名客人扭头望了过来，由加利缩了缩脖子，伸手端起酒杯。

“你知道绘里的恋人的事吗？”

由加利压低嗓门说。

“绘里的恋人……你是说的伊濑？”

尽管香子自己也不知道该不该说，但她还是把话说出了口。由加利满意地点了点头。

“你既然知道这事，那么她也应该是挺信任你的。这件事绘里就只对少数几个人说过。在东京这边，她的朋友中恐怕就只有你和我知道伊濑耕一的事。”

香子避开对方的目光，轻轻干咳了一声。尽管香子并非是听绘里自己说的，但眼下还是不提这事为妙。

“来到东京之后，绘里也还一直在思念着伊濑。她怎么也想不通，伊濑为何会犯下那种罪行。所以她说，她一定要查明事情的真相。这次的案子让我突然想到，她从‘皇朝’辞职，来到‘班比’这边，莫非也同样是抱有一定目的的？”

“你的意思是说，线索或许就在我们公司里？”

香子大吃一惊，赶忙问道。

“我不敢断定，但是也不排除有这种可能。当时她在‘皇朝’干得挺好，后来却突然辞职了，这件事一直让我感到很意外。”

由加利再次抽出一支香烟，递向了香子。香子下意识地接过香烟，用由加利的打火机点上。刚觉得自己已经好久没有享受过了，香子又突然想起自己已经戒烟了。

“总而言之，说绘里和你们社长之间有一腿，这话实在是让人觉得荒谬。”由加利说，“虽然她也还没到再不与男人来往的地步，但她却真的一直在想念伊濑。最后一次和我见面的时候，她也还提起过伊濑。”据说，绘里是从一个月之前起，开始和丸本交往的。而由加利则是在两三周前和绘里见面的。一边与丸本交往，一边却还想着伊濑，这事确实让人觉得有些奇怪。

“这事你有没有告诉过警察？”香子问道。

她想起之前芝田曾经说过，警方已经找所有和绘里关系亲密的人问过话。

“没有。”由加利轻描淡写地说道。

“我和绘里都不大喜欢警察，更不相信他们。之前伊濑的案子警方就是敷衍了事，不肯重新调查。所以我决定亲自出马调查绘里的这件案子。”

“是吗……不过警方可是知道绘里就是伊濑的恋人这事的哦。”

“真的？他们是到绘里的老家那边打听到的吧。”

“也许吧。”

香子并没有告诉对方，其实她自己也是跑到名古屋打听来的。

“要是绘里生前写下过日记什么的就好了。”香子说。

“的确。当时我曾去帮着绘里的父母收拾过她的房间，可是却并没有发现什么有用的线索。之前她也应该调查过伊濑的那件案子，可她却并没有留下什么线索。”

“可是却发现了装有氰酸钾的瓶子。”

香子把自己从芝田那里听来的情况告诉了由加利。

“对，是有这么回事。警方说这就是她自杀的证据，搞得我也无法反驳。”由加利皱了皱眉，之后又一脸钦佩地说，“话说回来，你对警方的动向了解得还真不少呢。”

“我自有办法的啦。”香子敷衍道。

“哦？挺厉害的嘛。”

由加利向香子投来了赞许的目光，之后她晃了晃装着冰块的酒杯。

“绘里的父母说过，只要有我喜欢的东西，任我随意拿走，所以我就把她的CD和磁带全都带走了。现在我每天晚上都会听一听，看看她生前都在听些什么样的音乐，猜猜她都想过些什么，这事其实也挺有趣的。”由加利毫不掩饰地说道。

香子不禁感到有些羡慕。这才是真正的好朋友啊。

“总而言之，既然你我目标一致，那就来结成一条共同阵线吧。”

见由加利举起了杯子，香子也晃了晃酒杯。

二人一直聊到很晚，当香子与由加利分开，回到高圆寺的家时，时间已经是将近晚上11点了。

由加利似乎也对丸本心存怀疑。绘里是不可能会对其他男人用情那么深的。如果那真的是故意接近丸本的话，那么她一定是抱有什么目的。所以我也打算试着和丸本接触一下——说完这些话之后，由加利意味深长地笑了笑。尽管由加利并没有把她的计划给说出来，但她的话里却洋溢着自信。

由加利和香子说了不少的心里话，但直到最后，香子也没把高见俊介的事给说出来。当然她也没说高见曾参加过那场派对的事。香子总觉得这些事很难启齿。

边走边想，不知不觉间，香子已经回到了公寓前。当她从公园旁走过时，一个熟悉的身影让她停下了脚步。

芝田任由领带松散地挂在他的脖子上，伸直双腿坐在秋千上。公园里再看不到其他的人影。月光洒下，在地上映出了他的影子。香子走到他的面前。

"怎么了？一副无精打采的样子。"

芝田缓缓抬起头来，冲香子打了个招呼。

"有气无力的。"香子在他身旁的秋千上坐了下来，"我都不记得自己有多少年没荡过秋千了。真是开心。我说，小时候好像还有首关于秋千的歌吧？"

"我不知道。看你今天兴致挺高的，遇上什么好事了吗？"

"也没什么好事，只是童心忽起罢了。"

香子丝毫不顾自己身上穿着迷你裙，使劲儿荡了起来。晚风吹到喝过酒后那略微有些发烧的面颊上，让香子感觉无比惬意。荡了一阵之后，香子开口问道："查到些什么了吗？"

"查什么？"

"绘里的事啊？这还用我说吗？"

芝田蜷起伸直的双腿，晃动了几下秋千。生锈的锁链"吱吱"作响。

"我去见了你的白马王子，"他说道，"跟他提了一下高见雄太郎被杀的案件，结果却让他蒙混过去了。我提起伊濑耕一的名字时，他还说他忘了。”

“或许他真的是忘记了。”香子替俊介辩解道。

“他是在装蒜。”芝田肯定地说，“他怎么可能会忘记杀害了前社长的凶手的名字？他这么一装蒜，反而让我对他起了疑心。”

“你在怀疑高见？”

“先盯一段时间看看。”

“可他没有杀人动机的啊？绘里死了，对高见又有什么好处？”香子穷追不舍。

芝田并没有回答香子的问题。“不过他倒的确没有下手杀害绘里。”

“什么意思？”香子问道。

“我确认过他的不在场证明了。绘里被杀的时候，他正在大厅里和人谈话。我已经找对方确认过，这一点的确是事实。”

当时的情况香子也同样记得。

“对。对方是个长得就跟狸猫似的大叔。那个人来之前，我一直都和高见在一起的。”

芝田瞥了一眼香子，之后又把目光投到了自己的脚边。

“我知道他没有直接下手。”

“你这话似乎话里有话啊？”

“但我并不认为他与案件无关——就是这意思。不过，光凭我的直觉，是无法让已经定案的案件翻案的。”

“定案”二字的意思，似乎就是警方已断定绘里是自杀的意思。

“你调查过我们社长了吗？”

丸本与绘里同样出生于名古屋，虽然昨天二人曾一起去了趟名古屋，但最终两个人还是没能发现绘里与丸本之间的交点。不过既然绘里的恋人是伊濑耕一，那么事情就应该不会那么简单。

“目前我正在调查，不过估计希望不大。”

“哦？所以你才会这么无精打采的？”

“差不多吧。要是能抓住些什么线索的话，那我还能打起些精神来。”

“没办法，那我就来告诉你一个我隐藏已久的情报吧。”

香子把头扭向一旁，故意不去看芝田。“情报？”香子能够感觉到芝田投来的敏锐目光。

“今天我见到一个很有趣的女孩。”

香子把真野由加利的事告诉了芝田。由加利也对绘里的死心存疑问，绘里生前也很想知道伊濑那件案子的真相，所以才跳槽到了班比宴会公司的事，这一切似乎都勾起了芝田的兴趣，让他的眼中一亮。

“绘里是抱着某种目的跳槽的？这事倒挺有意思的。”

“对吧？由加利说，这件事绝对和丸本社长有关联，所以她要想办法接近社长，揪住社长的狐狸尾巴。”

“这女的似乎比你还剽悍啊？”芝田苦笑着说。

“我可不能和她比。话说回来，如果你把这事告诉你的上司，他们会不会重新着手调查这案子呢？”

芝田闭上眼睛，轻轻摇了摇头。

“不行的。这些情况不过只是由加利的推理罢了，并非证据。光凭这些，上头是不会采取行动的。”

“是吗？”香子嘟起嘴说，“真是够麻烦的呢。”

“没办法，”芝田说，“这就是政府机关。”

芝田从秋千上跳了下来，拍了拍裤腿，说：“咱们走吧。”香子也跟着站了起来。

“对于那个由加利，”回到公寓，在香子的房门口分别时，芝田一脸严肃地说，“你告诉她，行动时要慎重一些。虽然光是推理的话，并没有什么危险，但要是贸然行动的话，那可就会落入到敌人的掌控之中了。”

“我会转告她的。”

香子点了点头。其实她自己心里也有着同样的担忧。

“还有，下次有机会的话，一定给我介绍一下。我有些事想当面问问她。”

“行，我会联系她的。”

“对了，”芝田擦了擦鼻子下方，“她长得漂亮吗？”

“漂亮，甚至和我有的一拼呢。”

香子挤了挤眼睛。

“那可真是值得期待呢。拜托了哦。”

“很快就会让你见到她的。”

“那就晚安了。”

“晚安。”

说完，香子回到了自己的房间。

4

三天后的午后。

芝田来到了“华屋”株式会社本部一楼的接待处。“华屋”的本部面朝银座中央大道，路对面就是“华屋”的银座店。

找接待处的小姐说明了来意后，芝田坐在大厅里等待。大厅里并排放着20张左右的桌子，占据了整个大厅一半的空间。每张桌子上都标有编号，而芝田则被叫到了10号桌旁等候。

过了5分钟，芝田等的人出现了。对方身材瘦小，虽然已经坐到了公关科长的位置上，但年纪却并不大，看上去似乎只比芝田大个几岁的样子。男子的名字叫作室井。

“长话短说，请问那天召开的‘华屋’感谢派对，是由室井先生策划筹办的吧？”

打过招呼后，芝田立刻切入了正题。

“是的。只不过……”

室井的目光不安地左右摇摆。

“虽然是我策划筹办的，但我个人也只不过是遵循惯例罢了。感谢派对的活动，我们已经连续搞过好几年了。”

很明显，对方对芝田抱有很大的戒心。自从听芝田在电话里说起，对于礼仪小姐死去的事，警方有话要问他之后，他说话时就一直是这样的。

“找礼仪小姐的事，也是以您的名义去办的吧？”

“是的，但实际着手操办的人却是我的下属。”

“但最终请了班比宴会公司的人这事，您应该是知道的吧？”

“这倒没错……这其中有什么问题吗？”

室井的目光变得愈发的不安。

芝田并没有回答公关科长的问题，而是翻起眼睛来看了看对方。

“您当时为何要选择班比宴会公司呢？除了他们之外，应该还有许多宴会公司可供选择的吧？”

“刚才我也说过，”室井舔了舔嘴唇，“我们只不过是遵循惯例罢了。之前我们一直都是请班比宴会公司的，而这一次也不例外，仅此而已。”

芝田“啪”地弹了一下手册的封面，吓得室井一下子坐直了身子。

“冒昧请问一下，您在现在这个职位上干了多少年了？”

面对如此“冒昧”的问题，室井皱了皱眉，回答说“三年了”。

他的声音里已经渗出了一丝不快。

“这可就奇怪了。”

芝田缓缓翻开手册，目光在手册与室井的脸上来回游弋。“虽然之前‘华屋’也曾搞过这类的感谢派对，但以前礼仪接待这方面的事却一直都是由东都派对服务来承办的。如果是遵循惯例的话，那么就该一直让他们来承办才对，然而从一年半前起，这件事的承办方却突然变成了班比宴会公司。这究竟是怎么一回事呢？”

室井的表情骤然变得险恶起来，感觉就像是在说“原来这事也让你查到了啊”一样。这就是我们的工作。芝田在心中默念道。

在调查丸本的过去时，芝田突然对“华屋”与班比宴会公司的关系抱有了疑问。

有关丸本个人的经历，警方已经大致调查清楚了。从东京的大学毕业之后，他先是在东方酒店的宴会科上了七年的班。其后，他辞职与朋友创办了一家人才派遣中心，但其业绩却不是太好，因资金周转不灵，于四年前散了伙。然而，一年半前，他再次创办了接待礼仪为主要业务的班比宴会公司。其后，以东方酒店为中心，他的业务不断扩展，如今班比已经成为业界的中坚力量。

这其中有两件事让人费解。其一，就是在退出人才派遣业，开始如今这项业务期间，丸本回到了名古屋。据说当时他在老家的咖啡厅里帮忙，但高见雄太郎被杀的案件就是在那段时间里发生的。

另外一点，就是班比宴会公司的发展为何会如此一帆风顺。社会上有许多家宴会公司，而且许多酒店都是与其中的某家公司签订合约的，所以作为一家新入行的公司，其面临的形势是颇为严峻的。然而，班比宴会公司的业绩却蒸蒸日上。虽然因为丸本此前在东方酒店有类似的从业经验，但实际上当真就这么简单吗？

鉴于此，芝田到案件发生的银座王后酒店去了一趟。接待他的人，依旧是之前的那位户仓管理员。

据户仓说，他们酒店是从开始承办“华屋”派对时起，才请班比宴会公司的。而且这事也是“华屋”那边指定的。因为当时他们的服务质量令人满意，所以后来银座王后系列的酒店便开始常常找他们了。

只不过，当时“华屋”为什么要指定班比宴会公司呢，其中的原因至今依旧是无人知晓。

“我说的没错吧？”芝田继续追问。

室井叹了口气，满脸愁容地看了看他。

“我希望你们不要把我说的话泄露出去。”

“我会保密的。”

芝田探出了身子。室井先是低头看了看地，之后又抬起头来。

“其实这件事我们自己也不大明白，是上头指示说，让我们去找班比宴会公司的。”

“这又是怎么回事？”

“我们也不大明白，这是业务命令。”

“你说的‘上头’指的是……”

听芝田这么一问，室井的目光飞快地在周围环视了一圈。之后，他压低嗓门再次叮嘱道：“您可千万别说是我说的啊！”芝田点了点头，答应了他的要求。

“是佐竹部长说的。”室井说。

“佐竹部长？他为什么要这么做……”

“我也不清楚。估计是因为班比宴会公司的人曾经找过他吧。”

说过之后，室井才发现自己失言了，赶忙假意干咳了一声。

“佐竹部长今天在这边吗？”

听到芝田的话，室井露出了一副狼狈不堪的模样。

“您是打算这就见见佐竹部长？”

室井的脸上充满了畏惧。

“别担心，我不会告诉他我见过你的。”

“那就好……不过他平常都挺忙的，时常都陪在常务身边，估计您今天是没法见到他的。”

“常务？”

“就是西原常务，社长的三公子。”

说完之后，室井才发现自己又失言了，连忙闭上了嘴。

别过室井，芝田到前台问了一下是否能约见一下佐竹部长。长头发的接待小姐打电话询问了一下，结果对方却回答说太忙没时间。芝田这才打消了立马约见佐竹的念头。

“佐竹部长这人怎样？”

芝田故作轻松地向接待小姐问道。接待小姐脸上带着几许困惑，但她依旧微笑着回答：“看起来让人感觉有些害怕。”

“年龄呢？”

“40岁左右吧。”

“他应该是个厉害角色吧？”

对方笑着耸了耸肩，说：“大概是吧，我也不大清楚。”之后她又反问道：“您找他有什么事吗？”好奇心很强这一点，接待小姐与寻常女孩似乎并没有什么差别。

“没什么。”芝田回答说，“哪怕是与案件毫无关联的人，我们也得找他打听一下情况。这就是我们的工作。”

“真是有够辛苦的。”

“真希望能找个人来顶替呢。”

感谢过对方之后，芝田离开了“华屋”的本部。

——佐竹部长啊……

芝田之所以会盯上“华屋”，其实还有另外一个原因。如果丸本与高见雄太郎被杀一案有关的话，那么高见俊介应该也与此有关。而两个人之间共同的接点，就是“华屋”。

——事情变得越来越复杂了啊。

心怀着不祥的预感，芝田迈开了脚步。

这天傍晚，芝田和同事直井一起来到了新宿。香子今天会带着由加利来见芝田，而约定的地点就是这里。

对课长讲述了有关由加利的情况之后，课长决定让芝田先打听一下情况。让直井陪同前来，同样也是出于上头的指示。好好学学，弄明白什么叫作“吃力不讨好”吧——这就是上司的原话。

尽管直井已经是个有家室的人了，但年龄却与芝田相差不大。穿的衣服虽然并不是什么名牌，却给人一种干净清爽的感觉。或许课长也是考虑到了今天见面的对象，才故意选择了他吧。他这人唯一的缺点就是身材不高，外加近来有些发福的趋势。

在约定的咖啡厅里等了五分钟，香子她们便到了。正如香子之前所说的那样，由加利不但长得漂亮，而且身材高挑，让人感觉不像是个日本人。迷你裙下露出的修长美腿，不禁让人心醉神迷。

“这一趟真没白来。”直井在芝田耳边低声说。芝田冲他一笑，说道：“这你可得感谢我吧？”

简单地自我介绍过之后，由加利便没好气地说了一句：“我这人不大喜欢警察的。”之后，她那充满异国风情的眼角浮现出几许挑衅的神色，说道：“不过我却听香子说，芝田先生是个值得信任的人，所以就答应她来见一面了。而且说到底，这也是为了绘里。”

“这可不敢当。”芝田稍稍感到有些羞涩。

“一般的刑警可是不行的。”香子插嘴道，“那些家伙全都只拿钱不做事。不过芝田先生却不同，只有他认定绘里不是自杀的。”

听过香子的话，直井苦笑着说："虽然我们是不大喜欢这工作，但我们却从不会偷懒的。"

"那你们为什么还一口咬定绘里是自杀的？"

"从各种证据来看，我们就只能得出这样的结论来。之前你们应该也听芝田说起过有关毒药和门锁的事吧？"

直井的话听起来就像是在安抚小孩一样。然而两个人却依旧不依不饶。

"这是凶手设下的诡计。"香子说。

"没错，这就是个诡计。"由加利也说。

"看穿这些诡计，不正是你们的工作吗？"

见两个姑娘瞪着自己，直井搔了搔头，说道："真是的，我又不是来找骂的。"

恰在此时，服务员端来了两杯咖啡、青苹果汁和锡兰肉桂茶。

"可以请你讲述一下大致的情况吗？"芝田趁机开腔道。

由加利喝了口肉桂茶，眨了眨眼，开始讲述了起来。

她所说的话，与前几天从香子那里听来的并没有太大的差别。据由加利推测，之前绘里应该是在调查与伊濑耕一的案件有关的线索，同时也正是因为这件事，绘里才跳槽到了班比的。然而她的这番推论却并没有什么证据。

她一直在强调，绘里是不可能爱上丸本的，所以绘里也不可能会为了丸本自杀。

听过由加利的讲述，芝田开口问道："那你找到什么证据了没有？"

由加利低下了头，之后她又立刻摇了摇头。

"是吗？那你接下来打算怎么办呢？"

由加利耸了耸肩，轻轻闭上眼，之后再次摇头。

“不知道，我还没想过。”

“你可别贸然行事，这是我们的工作。”

“嗯，如果能有你们出面的话，那是再好不过。”

说完，由加利淡淡一笑。

与香子她们道别之后，芝田和直井决定先回一趟本厅。电车里，听芝田问起有何感想，直井偏着头想了想。

“她说的不无道理，但却没有什么实实在在的根据。如果她能拿出些证据来就好了。”

“她的话的确只是些凭空的猜测，但我们也不能忽视了她的嗅觉。”

芝田觉得，她的嗅觉至少要比“刑警的嗅觉”更靠得住些。

“不过我还是认为绘里是自杀的。说这事与高见雄太郎那案子有关联，这想法是不是有点离谱了？”

芝田没有回答直井的问话，而是把目光投向了车窗外。其实，他自己心里也存在过这种离谱的想法。

“听我们讲述过情况之后，估计上司也会感到困惑的吧。”

最后，直井自言自语地说道。

第五章

有要事相商

——有重要的事和我商量？今晚？

香子不由地倒吸了一口凉气，心跳的速度也随之加快。一股不祥的预感划过了香子的心头。

1

案件发生后，已经过去了11天。

香子稍稍提前一些离开了公寓，漫步在银座的街头。今天上班的地方也同样是银座王后酒店。自打那天之后，香子就一直没有去过那里。像那天一样，香子再次驻足于“华屋”银座店前。不光只是开始工作前，每次到银座来，香子都会顺道去那家店看看。话虽如此，实际上香子也就是在玻璃橱柜外边观望一番罢了。

“还在那里。”她喃喃自语地说道。

这一天，攫获了香子目光的是一条以18K金打造的镶有钻石的祖母绿项链。翠绿欲滴的宝石划出了半圆形的轮廓——价格是1950万日元。还挺便宜的嘛！香子感觉它的价格似乎与以往那些首饰略有不同。

当她轻轻叹了口气，准备转身从橱窗前走开时，面前却有人挡住了她的去路。

“果然是你啊？”

这声音香子曾经听过。她缓缓抬起头，看了看对方。

“哎？”她不知自己该如何应对。面前的人，并不能让她感觉到开心。

“之前我们不是还在派对上见过的吗？是我啊，你不记得了？”

“对……”

香子硬生生地挤出了笑容。

对方正是“华屋”的三公子西原健三。和上次一样，今天他也穿着一身白色的西装。和他那张硕大的脸相比，他的眼睛和鼻子依旧小得让人感觉不匀称。鼻尖上的油脂，让香子感到无比恶心。

“您记得可真够清楚的呢。”

香子的话里带着一丝讽刺。他还不如忘了好。

“那是当然。对于女孩子的长相，我向来都是过目不忘的。”

健三一脸得意的表情。香子的脑海里浮现出了四个字——纨绔子弟。

“而且你的发型也挺特别的。你平日里是不是也梳这发型的？”

“哎？”

香子不由得摸了摸自己的头发。出门来上班，香子自然会梳“夜会”发型，把长发拢起，在上方盘成丸子头一样的形状。临出门前，香子到美容院做了个头发。身为常规礼仪小姐，香子每次上班前都必须得到美容院去一趟，而做头发的费用也得自掏腰包。

“今天要去上班，所以才做这发型的。平常我就只是普通的长发而已。”香子抗议道。

“哦？是吗？说得也是。难怪我会觉得你这发型挺有意思的。”健三哈哈一笑。

“白痴，你脑子里是糨糊啊？”香子在心里咒骂道。

“你过会儿才上班的吧？不如一起去喝杯茶吧？”

健三这种动不动就出言相邀的习惯还是一点儿没变。香子想要拒绝，但一时之间却也想不出什么好的借口来。

“没时间去喝茶了，所以我才会在这里看看宝石，打发一下时间。其实我也挺想进店里去看看的，可又怕别人拿话挤对我。”

香子瞟了一眼“华屋”的店内。她早就想进店里去看看了。

果不其然，健三立刻便上钩了。

“什么嘛，就这点儿小事啊？好，我带你进去好了。”健三拍了拍胸口。

“真的？好开心。”香子装出一副雀跃的模样。看来这白痴也并非毫无用处。

见二人走进店里，门口的女店员一脸紧张地低下头。就是上次那个一脸不屑地看着香子的狐狸脸。看到香子身旁的健三，女店员平日里那股嚣张跋扈的劲头早已消失得无影无踪。香子长舒了心里的一口恶气。

整个店里，让人感觉就像是一只巨大的宝石箱。

地上铺着胭脂色的地毯，地毯上陈列着玻璃展柜。仔细一看，甚至就连展柜的边缘上都有装饰。展柜之中，那就更是一个光彩夺目的世界了。进入店里，首先看到的是耳环专柜。蓝宝石、红宝石、猫眼儿、黑曜石、翠绿石、星光石，自然也少不了钻石。

“你知道所谓‘宝石’，指的究竟是什么吗？”健三在香子身旁问道。

“不就是漂亮的石头吗？”

“漂亮，坚硬。除此之外，还有一条很重要的要素。”

“什么要素？”

“还用说吗？稀少。”

听到健三大声吆喝，店里的客人和几名店员都扭头看了过来。然而健三却丝毫不在意。

“哪怕再美，若是这世上随处可见的话，那就永远都卖不出去的。也不会有人承认它是宝石。其实说句实话，人造宝石有时甚至比天然的宝石更美，但人们却依旧会追求天然的宝石。道理很简单，那就是因为，人造的宝石是无法满足人们的虚荣心的。”

中央靠里边的地方，放着几只柜台一样的展柜，展柜前放着几把椅子。此刻，椅子上正坐着一对上了年纪的夫妇，而妻子则扭头看了过来。

“其实，我们搞的那些感谢派对，就是反过来利用了人们的这种心理。”一边往珍珠的展柜走去，健三一边说道，“对了，你朋友去世的那件事怎么样了？你知道些什么情况吗？”

“我也不大清楚，”香子故意偏着头说道，“听说是自杀的。”

“这事我也听说了。据说你和她的关系挺不错的，真是让你受累了。”

“还好吧……”

“要是你有什么困难的话，就来找我吧。”

说着，健三把名片递给了香子。名片的正面上，煞有其事地写着“华屋株式会社常务取缔役西原健三”的字样。名片镶着金边，左上角的“华屋”标志也烫着金，低俗的品位仿佛和健三的为人一样。

“对了，难得有缘相遇，我就送你件礼物吧。”

健三拍了下手，就像是想到了什么好主意一样。

“嗯？这……还是不必了吧。”

“你就别客气了。你是几月出生的？”

“三月。”

说完之后，香子才明白自己说错话了。

“三月啊？不错的季节，那可是大家都为春天的到来而欢欣雀跃的时节。”

嘴上说着这些把人雷得外焦里嫩的话，健三走到了展柜前。果不其然，他果然在珊瑚前停下了脚步。

“三月的诞生石是珊瑚，象征着沉着、勇敢、聪明。这几句话完全就是形容你的。”

说完，健三把身旁的店员叫了过来，指示店员包了一颗红珊瑚的胸针。

“不不……这怎么好意思？”

香子假意推却了一番，而健三再三坚持其实也在她的计算之中。比起这事来，香子更后悔把自己真正诞生的月份告诉了他。早知如此，香子就告诉他自己是四月或者五月生的就好了。四月的诞生石是钻石，五月的则是祖母绿。

接过扎上了漂亮丝带的礼盒，香子再次表示了一番感谢。

“没事的。下次有机会的话，一起吃个饭吧。”

健三满脸堆笑。香子虽然也礼节性地笑了笑，但内心怎么也笑不出来。

向健三解释过自己差不多该去上班了之后，香子走出了“华屋”。挨不过健三的苦苦追问，香子最终还是把自己的姓名和电话号码告诉了他。反正如果健三有心的话，这事他迟早都会知道的，更何况之前自己还收下了对方送的胸针。

“我一定会再联系你的。”

耳畔响起健三的说话声，香子脚步匆匆地走上了大街。

来到银座王后酒店时，已经是5点10分了。难得提早出门一次，结果却再次险些迟到。米泽拉长的脸仿佛就在眼前。

今天的准备室是205号房。刚进屋，米泽就连忙冲香子说道：“啊，小田君，太好了。我还以为你遇上什么事了呢。”

“也用不着担心吧？我虽然有时会来得晚一些，可实际上我却一次迟到都没有的哦。”

香子一边抱怨，一边向着里屋走去。浅冈绫子走到香子身旁，低声说道：“不光是你一个啊。”

“不光是我一个？”

“还有一个人没到呢。而且今天就连江崎也是刚刚才到的。”

“主陪吗？”

香子偷偷看了一眼江崎洋子。洋子装作什么事都没有一样，匆匆地打理着脸上的妆。临开场前才匆匆赶到酒店这种事，是很少会发生在她身上的。

“还有谁没来？”

绫子摇了摇头。

“不大清楚。听说是个兼职礼仪小姐，不过这下子也没她的活儿干了。”

“兼职礼仪小姐？”

一种不祥的预感划过了香子的心头。

2

直到夜里下班回到公寓之后，香子才知道，之前自己的不祥预感真的变成了现实。

看看隔壁，芝田似乎也已经回到公寓了。香子心想过会儿还得去找芝田问问搜查的进展，先推门进了自己的房间。

从外面回来之后，香子首先要做的事是漱口和检查电话录音。看电话机的样子，在自己出门期间，似乎曾经有人打过电话来。香子播放了录音。

“你好，是我。”——电话机里播放出的声音令人感到愉快。

“啊。”香子暗暗喃喃说道。是真野由加利的声音。

“我是真野由加利。”声音的主人也说道，“我有些很重要的事要和你商量。今晚下班后，你抽个时间吧。拜托了。”

说完，对方便挂断了电话。

——有重要的事和我商量？今晚？

香子不由得倒吸了一口凉气，心跳的速度也随之加快。她翻出电话本上刚记下的由加利的电话号码，握起听筒，摁下了号码。

通话音已经响了两三遍，却迟迟不见有人接起电话来。

香子赶忙冲出房间，敲响了隔壁的房门。

芝田满脸困倦地出现在了门缝后。

“不好了，你快跟我去一趟由加利住的地方吧。”

“由加利？是上次见面的那女的吗？发生什么事了？”

“我也不清楚，但情况似乎有些不大对劲。”

“等一下，这到底是怎么一回事？”

“路上再给你详细讲述，你先去换下衣服吧。”

看到香子的神色如此紧张，芝田没再多问，说了句“我知道了”，之后便转身进了房间。五分钟后，芝田换好衣服，再次出现在门口。

两个人匆匆赶往了由加利住的公寓。由加利住的公寓位于北新宿，整栋楼总共四层，涂成米色，所有房间都是单间。公寓旁的马路对面是一片小学的运动场。

由加利的房间在四楼的顶层。

此时此刻，由加利已经死在了自己的房间里。

3

房间里一片狼藉。

整个房间并不算特别宽敞，面积大概只有六叠。进屋左手边是洗手台，洗手台对面是壁柜，而右手边则是洗浴间兼厕所。窗旁放着床，周围是一圈书架。架子上放着电视机、录像机和CD组合音响，架子上堆满了各种化妆品，仿佛随时都会溢出来一般。

“这么小的屋子里，居然能放下这么多的东西。”芝田的上司松谷警部在屋里环视了一圈，感慨地说道。

的确，屋子里堆了不少的物品，然而此刻的房间中，却又让人感觉不堪入目。

地上铺着垫子，然而整个房间却凌乱不堪。外套、内衣、杂志、信件、录音带、报纸，总之那些原本应该是整齐收纳在房间里的所有一切，全都如同遭遇了一场小小的风暴一样，散落了一地。几个人甚至就连站脚的地方都找不到。

而这个家的主人由加利则仰面躺在临窗的床边，已然死去。

从现场的状况来看，这案件明显是他杀，而且死者还是被人给掐死的。虽然死者衣着凌乱，却并没有遭人强暴过的痕迹。

“你昨天才与被害者见过面？”

松谷的语气显得有些沉重。

“是的。”芝田点头说。当时的报告，他已经在昨天整理好了。

“听说被害者生前对牧村绘里的自杀抱有疑惑？”

“是的。”

“但目前她还没有掌握任何证据——昨天你们见面时，是这样的吧？”

“她是这么说的。”

芝田的话语显得很谨慎。而且当时由加利也并未把所有的情况都说出来了。

“如此说来……是在昨天到今天的这段时间里，情况出现了变化？”

松谷这话感觉并不是在问芝田，而是在自言自语。

芝田一声不响地从松谷身旁走开，冲着趴在地上仔细检查的鉴识人员问道："有没有发现毛发之类的东西？"

戴着金丝眼镜的鉴识人员两眼盯着地面，摇了摇头。

"目前还没有发现，地上的头发估计全都是被害者自己的。"

由加利是做礼仪小姐的，当然是留的长发。

"那，指纹呢？"

"采集到了一些，不过估计希望不大。凶手行凶时大概戴着手套，房门把手上也只有被害者的指纹。"

"茶杯上的指纹呢？"

"同样也全都是被害者的。"

"原来如此。"

房间的角落里放着一只茶盘，盘里有两个茶杯，让人感觉今天曾有客人来过。

芝田直起腰板，就见直井进屋来对松谷说道："隔壁的女子说，她记得今天这里似乎曾有客人来过。3点左右，这间屋子里曾经发出过响动。"

据直井报告说，今天在该女子出门前，隔壁的房间——也就是由加利住的这间屋子的门铃曾经响起过。当时由加利似乎曾打开过门，说了句"你好"，但是却并没有听到对方说话。然而对方却的确进了由加利的房间，当时的时间大概是3点。因为那位女子也是刚刚才回到家的，所以她也不清楚由加利房间里的客人是什么时候走的。

"3点时曾有客人来过……如果来人就是凶手的话，那么7点之前，被害者和凶手又曾干了些什么呢？"

松谷抱着双臂思索了起来。由加利的死亡推定时间，就在7点到8点之间。

“感觉应该不只是谈话这么简单。”直井在屋里环视了一圈，说道，“这屋里可真是够乱的啊。”

“嗯，凶手大概是在找什么东西吧。”

“会是在找什么呢？”

“要是知道的话，也就不必如此费神了。”

此后，芝田和直井决定找香子打听一下情况。香子在一楼的停车场等候，估计这会儿她的情绪应该已经平静下来了。

香子正在为自己的疏忽大意感到无比悔恨。一想到自己之前其实能救由加利一命这一点，她就自责不已。

今天上班，听说有个兼职礼仪小姐无故缺席时，香子便已经隐隐感觉到事情有些不大对劲了。下班后，又听说那个兼职礼仪小姐就是由加利，香子心中就愈发不安。之后的那通电话留言让她确信一定是发生了什么事，她才立刻赶了过来。

刚开始觉得有些不安时，如果香子立刻打电话联系芝田的话，或许由加利就不会死了。一想到这一点，香子的心便会往下一沉。

有身穿制服的警察在身旁陪着，香子坐在警车里静静地等待着。见芝田和直井钻进车里，香子本以为他们准备带自己到其他地方去，结果他们只是来找自己打听情况，并没有准备到任何地方去。

尽管如此，对方提的问题，却也全都是些芝田知道的事。当时找房东借来钥匙的人是芝田，而且对于发现尸体的状况，他知道的也比香子要详细得多。

“由加利是在什么时候给你打电话的？”芝田问道。

“当时我去了美容院，所以估计应该是1点多吧。我估计自己还会回来一趟，所以设了电话录音。”

要是香子当时迟一些再去美容院的话，或许她就能直接知道由加利到底要和她商量些什么了。

“之前她是否有告诉过你，却瞒着我们的情况？”

香子低着头，一言不发地摇了摇头。

“没有。我已经把我知道的情况全都告诉你了。”

“即便只是你的推测也没有关系。”芝田先说明了一句，之后接着又问，“你觉得凶手在寻找什么呢？看到屋内被翻成那副样子，你不觉得有些奇怪吗？”

“我也觉得奇怪，但我却想不出来。她的手里应该是没有什么证据的才对。”

悲伤再次从心中涌起，香子用手捂住了脸，芝田和直井再没有问她什么了。

4

翌日下午，芝田和直井一同去了趟班比宴会公司的事务所。和上次来时一样，社员们似乎都在各忙各的。整间屋里电话响个不停，或许其中也有打来询问真野由加利之死的电话。

见没人搭理自己，芝田二人径自从屋里走过。丸本正在窗边的桌旁看报，见到两名刑警，他赶忙合起报纸，站起身来。来之前芝田就打电话联系过丸本，说是警方要找他询问一些有关真野由加利之死的情况。

和上次一样，丸本把二人带到了用板子隔成的会客室里。

“听说被杀的人是绘里生前的好友，还真是吓了我一跳呢。”丸本主动开口道。

虽然他一脸严肃地皱着眉，但他心里究竟怎么想的，并没有人知道。

“您完全不认识这位真野由加利吗？”芝田问道。

“不认识。”丸本点了点头，他的脸上依旧是那样平静如水，“毕竟之前我也就只和绘里交往了一个月左右，对于她的朋友圈子的情况我一无所知。”

丸本已经不止一次地说过这种话，但每次听到他说这话，芝田都会感觉他有些惺惺作态。

“那您之前是否见过真野小姐呢？”

直井在一旁问道。

“没有。”丸本立刻回答道。

“可她不是曾在您这里干过活儿的吗？昨天本来她也应该过来的。难道您就一次都没见过她？”

丸本撇起嘴，搔了搔下巴。

“我自己并没有见过她。是否临时征召兼职礼仪小姐，这些事是有专人负责的，而我就只管批准申请就行了。”

这话的意思，似乎是说他这个社长是从不过问这些杂事的。

“在绘里的葬礼上，您有没有见到过这位真野小姐呢？”

芝田推测之前由加利应该也出席过绘里的葬礼，所以他尝试着问道。然而丸本的回答却出乎他的意料。

“这个嘛……当时我没有出席那场葬礼。”丸本说道。

“您没去？为什么？”

“我觉得我没资格去……想来绘里的父母应该也不想看到我的。我曾经发过电报，也送去过香烛，但那些东西却全都被对方给送回来了。”

丸本闭上嘴，脸上浮现出苦涩的表情。芝田难以判断对方这表情究竟是发自内心的，还是故意做给人看的。但从心理上说，恋人死去，丸本居然连葬礼也没去参加，这样的行为让芝田感到难以释然。

“有关绘里自杀的事……”直井故意慢条斯理地说，“之前是否曾有人找您问过情况，或者是告诉过您些什么？”

他大概是考虑到由加利或许曾经来找过丸本，所以才这样问的。但丸本却说从没有过，彻底否定了直井提出的问题。

无奈之下，芝田和直井只得决定暂且告退。

再纠缠下去的话，结果就只会适得其反。几人站起身来之后，直井顺口问了一下丸本昨天白天到夜间的不在场证明。

“如果不询问一下的话，上司是会说没法写报告，跑来找我们麻烦的。请您不要见怪。”

“我没有见怪，其实你们的工作也挺辛苦的。”说着，丸本掏出一本写满了时间行程安排的小册子，继续说道，“昨天我在公司一直待到下午4点，之后上班去逛了一会儿。我到银座去吃过饭，喝过两口酒之后就回去了。”

芝田向丸本仔细询问了吃饭和喝酒的店名，记录到了手册上。只不过丸本却说具体的时间他自己也记不得了。直井告诉他说之后会去调查清楚。

离开会客室后，芝田和直井见了一下那个聘用礼仪小姐的负责人。对方面色白净，身材矮小，看起来有些弱不禁风。

据这名男子说，由加利是在绘里自杀三天后找到班比宴会公司来的。由加利是直接找上门来的，而当时丸本也的确不在。

“听说她是从皇朝宴会公司里出来的，我们也就基本放心了。如果能时常配备有几名兼职人员的话，那么遇上紧急情况就会方便许多。近来兼职礼仪小姐的人多了不少，那些想当歌手和艺人的女孩也需要有去听课的时间，而要是做了常规礼仪小姐的话，可就没那么自由了。”负责人似乎话不少。

“对于前些日子的那场自杀骚动，她是否曾说过些什么？”芝田问道。

“这个嘛……”男子转过头想了想，“当时她曾说过些无关痛痒的话，不过我却没有在意。”

“是吗？”

道过谢，芝田和直井便离开了班比宴会公司的事务所。

新宿署的搜查本部里，松谷正等待着芝田和直井的归来，打算询问一下二人见过丸本之后的感想。听直井简要地讲述了前后经过之后，松谷也露出了一脸复杂的表情。这事感觉挺难判断的。

几人决定尽快去确认一下丸本的不在场证明。

“有关由加利与其他男性之间的关系，你们是否查到些什么了？”

报告过情况之后，直井问道。至于搜查方针，分成了本案与绘里自杀一案有关无关两条线。如果两者无关，那么首先需要查明的就是被害者与男性之间的关系。实际上，警方也在由加利的房间里发现了一本记录着多名男子名字的电话簿和大量的可疑名片。

“目前正在分头调查，但被害者的交际范围似乎也挺广的。学生、工薪族、酒吧经理、体育教练、摄影师、创意设计师……简直就是形形色色，五花八门。其中甚至还有围棋老师。”

松谷翻阅着手册，面色阴沉地说道。

“其中是否存在有可能会与绘里的自杀有关联的人呢？”芝田问道。

“似乎没有。这些人感觉就只是些过客一样。”

松谷用食指弹响了手册。

随后，芝田恳请松谷批准他到名古屋去一趟。芝田认定绘里的死必定与三年前高见雄太郎被杀的事有关，他希望能够重新调查一番。

“这事刚才我已经和课长提过了，他也正准备派人过去一趟。只不过行动时可千万不要刺激到爱知县警。对他们来说，这件案子早已定案，如果让他们感觉到我们是在老调重弹的话，那么今后就别想让他们协助办案了。”

“我知道了。”

或许自己能在名古屋有所斩获——芝田心中有这样一种预感。

夜里，四处奔忙的刑警们全都聚集到一起，开了一场报告会。

首先出来的是解剖的结果。死因以及死亡推定时间并没有太大的变更。值得一提的是，被害者死前曾服用过安眠药。关于这一点，鉴识科人员也报告说，他们从现场的一只茶杯中检测出了微量的药物。

然后是从住在由加利楼下的学生那里打听到的情况。据该学生说，5点左右，由加利的房间里曾经传出过响动。当时该学生还以为楼上是在打扫房间。

接着是由加利与男性之间的关系。从结论上来讲，由加利最近并未与任何男子见过面。虽然有两名男子邀约过她，但都被她以近来太忙的借口推辞掉了。

从不在场证明上来看，也是有人有，有人没有。毕竟，光是和由加利发生过肉体关系的男子，其数目就多达9人，其中的3人甚至已根本想不起由加利是何许人了。

而丸本的不在场证明却已得到了确认。7点之后，丸本的确是在银座。除了服务生之外，还有好几个人都证明了这一点。所以他的不在场证明应该是无误的。虽然丸本在这个时间点行凶的可能性已经排除了，但是……

“我接下来要说的事，倒是让人觉得有些可疑。”负责调查男性关系的一名搜查员故意卖关子说道，“案发前夜，有名男子曾接到过真野由加利打来的电话。该男子是名创意设计师，据他说，当时由加利曾在电话里问了一些很奇怪的话。”

“奇怪的话？”

松谷的话刚问出口，他身旁的芝田便已探出了身去。

“当时由加利问该男子是否知道一家名为‘华屋’的珠宝店，又问说是否知道‘华屋’的社长是谁。该男子回答说不知道……”

“华屋？”

芝田不由得咽了口唾沫。

5

“喂，是我，真野由加利。我有些很重要的事要和你商量。今晚下班后你抽个时间出来吧。拜托了……”

由加利的声音在香子的脑海中不停地回响着。虽然彼此相处的时间并不算长，香子却感觉自己就像是失去了一位挚友一样，心情沉重。

即便如此，也还是会有一些能让她打起精神来的事。一到家，高见俊介便打来了电话。也没什么要紧的事，就是想问问最近如何——听这口气，他似乎还并不知道由加利的事。这事才刚上了今天的晚报。

“我搞到了两张芭蕾舞的门票，不知道你有没有时间？时间是后天。抱歉，临时才和你联系这事。”

香子自然是一口答应。虽然还有工作要做，但也只用找其他礼仪小姐来临时顶替一下，事后再付些佣金就行了。香子也想借此机会，摆脱长时间以来的阴郁心情。

“那后天我就来接你吧。”

俊介平静地说完，挂断了电话。

——幸好我早有准备，买下了有关芭蕾的书。

首先浮现在香子脑海中的，便是这句话。

时钟的指针绕过12点之后，隔壁才传来了芝田回家的声音。香子早已冲过澡，正独自一人喝着啤酒。

没一会儿，门铃的声音便响了起来。香子开门一看，只见芝田正一脸倦容地站在门外。

“有什么急事吗？”

芝田挥动着手里的纸条。纸上写着：请到我这里来下。香子。这纸条是之前香子塞到芝田门外的邮箱里的。

“我是想请你来喝杯茶。我想你大概也挺累。”

芝田微微一笑，说了句“谢谢”。之后他把手里的纸条仔细叠好，塞进裤子的口袋里。

“与其喝茶，还不如来点儿啤酒。”说着，香子把罐啤和杯子递给了他。芝田一口气先喝了一杯，可喝完之后脸色却依旧没有丝毫的好转。

至于没有精神的原因，香子在听过芝田的讲述之后，才终于明白了他为何会如此。最为可疑的丸本，其不在场证明却最为确凿。

“不过调查也并非就完全没有进展，感觉‘华屋’的嫌疑是越来越大了。”

芝田把由加利曾向其男性友人询问过有关“华屋”社长情况的事告诉了香子。

“这事跟‘华屋’有什么关系？”

“不清楚。不过我此前就已经盯上‘华屋’了。”

芝田对“华屋”指定让班比宴会公司来承办感谢派对的接待任务这一点，心中一直存有疑问。此外，他对丸本与高见俊介之间的交集就是感谢派对这件事似乎也很执着。

“我调查了一下‘华屋’指定由班比宴会公司来承办接待这件

事。这是一名叫佐竹的部长一手包办的，我也去当面会过此人了。”

“我见过这个佐竹。”

香子回想起了派对上发生的事。

“那人一脸阴沉相，长得就跟具骷髅似的。平日里，他总是陪在‘华屋’三公子的身边。”

“说得没错。你知道的可还真不少。我找那个佐竹问过，但他却说改换承办公司这事并没有什么特殊的含义。只是因为看到开价比之前找的那家便宜，所以就更换了罢了。不过他的话却是假话。就凭这么一点原因，他堂堂一个部长就亲自出面指定，这种事情根本就是不可能的。”

“会不会是因为他收受了贿赂？”

香子随口说出了自己的猜测。但凡企业之中出现了什么不合情理的事情，人们往往都会往贿赂这方面去想。

“或许吧。但我总觉得这事与绘里似乎有些关联。”

“怎么个关联法儿？”

“这一点目前还不清楚。不过听说由加利曾经调查过‘华屋’的情况之后，我就愈发地确信了。”

芝田把空罐往桌子上一放，走到音响面前，确认过里边放的盒带之后，摁下了开关。音响里播放出了柴可夫斯基的《睡美人》。

“你还在整天研究你那些古典音乐啊？”

芝田两手叉腰，看着磁带不停地回转着。

“这可不是单纯的古典音乐，”香子说，“我这是在研究古典芭蕾呢。”

“原来如此。你的那位‘唐璜’还是个芭蕾迷啊？”芝田百无聊赖地看着磁带的索引纸，说道，“想要讨取白马王子的欢心，还真不是件容易的事呢。”

“没错。你看看这些书。”

香子从靠在墙边的纸袋里抽出三本书来，放在芝田面前，都是香子最近才买下的。《古典芭蕾入门》《学会欣赏芭蕾舞》《芭蕾舞者物语》，这些全都是些预算之外的开支。

“或许是我多嘴，”芝田一边随手翻阅着三本书，一边开口说道，“我觉得你也没必要刻意去迎合，正常与他相处就行了吧。”

“嗯？为什么？”

“为什么……你不觉得这样很累吗？”

“我可一点儿都不觉得累。为了能嫁入豪门，吃这点儿苦又能算得了什么？”

“哦……”

“我的梦想就是能在国外拥有一套别墅。在欧洲买下一座城堡，一到夏天就过去避暑。有了城堡，那自然少不了宝石，我要收集全世界的宝石，还要从‘华屋’订上一大批货。为了实现这梦想，能缺少钱吗？”

“那自然不能少。”

芝田的回答听起来似乎对此没什么兴趣。

“在这一点上，他是个理想的对象。他现在还年轻，估计今后还能赚得更多。”

“说的也是。不过我提醒你一句，他可是高见雄太郎的侄子。说不定他和这次的案子也有一定的关联。”

“可绘里那案子发生的时候，他不是有不在场证明的吗？”

“这倒没错……”芝田放下手里把玩的磁带盒，站起身来说，“我也差不多该回去了。明天一早还得上班呢。这音响要关掉吗？”

“让它开着吧。我还得再多听听芭蕾才行，后天我还要去看《天鹅湖》呢。”

芝田什么也没说，向着玄关走去。听到香子说了句“晚安”，他连头也没回，抬了抬手便走出了房间。

第六章

两个男人的轨迹

一个是伊濑，另一个是丸本。虽然目前还没有发现他们二人之间的联系，但他们之间却有一个共同点，那就是他们都很缺钱。

1

由加利被杀三天后的早晨，芝田坐上了开往名古屋的新干线。与他搭档前往的人是直井。虽然是临时买的自由席位，但两个人的座位却碰巧在一起。但和香子一起前往的时候不同，与男子并排而坐的时候，芝田心里并没有什么开心的感觉。唯一的好处，就是不会感到无聊。

东京下着小雨，但随着车子的西行，天气也渐渐地晴朗了起来。话虽如此，却也还看不到富士山。

两个人相互交换过体育报纸和周刊杂志之后，率先看完的直井大大伸了个懒腰，顺带又吼了一声。

“看来男人的这条线似乎是走不通了啊。”直井一边松领带一边说道。

在由加利的男性关系这方面，目前还没有查到任何的线索。而且今后似乎也没有什么能查到线索的迹象。

“果然还是得靠牧村绘里这条线啊。由加利究竟是掌握了些什么情况呢？”

或许是之前曾和由加利见过的缘故，直井感慨不已。

“由加利曾经提到过‘华屋’的事，大概是她查到些什么了吧。”

芝田合起体育报纸，开口说道。

“听说昨天有人去找西原社长打听情况，问他有没有听过真野由加利的名字时，他回答说‘没有’。”

“他们社长的名字叫作西原正夫。听说有刑警找他，也不知他当时是何反应呢。”

“那还用说？当然是一脸的不快了嘛。一个小姑娘被人杀了，结果自己却被卷入了案件之中。不过我们这边倒也没想到会发生这种事呢。”

“不过我觉得‘华屋’应该和这事还是有些关系的。毕竟牧村绘里是在‘华屋’的派对结束后不久死去的。那场派对上，自然少不了有西原的家人出席。”

“他的家人……对了，昨天头儿曾经说了件有意思的事。”

直井的话刚说完，车内贩售饮料与食品的乘务员便走到了两人面前。芝田要了两份咖啡加三明治。

“什么有意思的事？”

芝田小心翼翼地往咖啡里掺入牛奶，问道。

“‘华屋’的继承人问题。虽然如今的社长是西原正夫，副社长是他的长子昭一，但下任社长却未必就是昭一——这咖啡的味道挺不错的呢。”

直井端起装咖啡的纸杯来，称赞了一句。

“如此说来，还存在有其他候选人？”

“可以这么说吧。与昭一抗衡的有次子卓二，三子健三也可以说是匹黑马。总而言之，看目前正夫的状况，一时半会儿应该还不会有什么大问题，所以他似乎是准备再好好观察一番。”

“兄弟几个之间，一场厮杀在所难免啊。”

“西原正夫似乎就喜欢搞这种事。不过眼下却有个名叫佐竹的家伙介入到了这场兄弟之争里。”

“这个人我知道。”

芝田回想起了佐竹那张眼窝深陷、面无表情的脸。佐竹那种人，是绝对不会对人说出心里的真实想法的。“他是准备与西原家的三个兄弟抗衡？”

“话不是这么说的。其实，几年前健三曾被正夫给扫地出门过。虽然直到现在健三这家伙仍是死性不改，但当时的情况却更为严重，他时常挪用店里的货物。后来，依靠实力取胜的佐竹便浮出了水面。总而言之，他在做事方面的确很有一手。当时正夫甚至还打算把关西今后的业务交托给佐竹。”

“但最终却没有实现？”

芝田咬了一口火腿三明治。

“对。后来健三又被找了回来。虽然我也不清楚其中的具体情况。但听说似乎是正夫改变了主意。最后，佐竹就扮演了陪在健三身边，辅佐健三的角色。”

“正夫为何会改变主意呢？”

“这我就不清楚了，大概还是心疼儿子吧。哪怕自己的儿子再怎么不成器。”

列车已经驶过了滨松。直井赶忙打开了三明治的包装。

尽管两个人一路上都在谈论“华屋”的事，但其实今天他们到名古屋去的目的，却与“华屋”没有丝毫的关联。他们此行的目的，主要是重新调查高见雄太郎被杀时的情况，还有丸本在名古屋时的生活。虽然如果还能了解到绘里和由加利在调查什么的话更好，但估计事情的进展并不会如此顺利。

11点差几分，二人来到了名古屋。

两个人在名古屋站叫了一辆出租车，向着位于中区的爱知县警本部而去。北边就是名古屋城。

和刑警部长打过招呼后，二人来到搜查一课，接待他们的是一位名叫天野的搜查员。天野满脸胡子，体格健壮。

“那件案子的话，说来可就话长了。”天野一边翻阅资料，一边一脸苦涩地说，“伊濑耕一就是凶手——这一点毫无疑问。证据也有几件。问题就在于他与高见雄太郎之间没有任何联系这一点上，最后只好以伊濑谋财害命，而被害者恰巧是高见雄太郎的结论来定案了。”

“伊濑他很缺钱吗？”芝田问道。

“似乎是的。伊濑一直期待着能成为一名画家，但他这一行的情形却很严峻。伊濑的老家在岐阜，但家里也不大宽裕，无法援助他。”

芝田也曾听人说过，钱和才，不管少了哪一样，都是当不了画家的。

天野并没有具体说出伊濑耕一老家的地址。

“伊濑的性格如何？是个会做出这种事来的人吗？”直井在一旁插嘴道。

“听认识他的人说，他的性格比较懦弱，应该是不会干出杀人这种事来的。不过相反也存在有这种人有时反而会被逼急了的可能。”

“没错。”直井点头道，“这种人是最可怕的。”

“高见那边也说他们并不认识伊濑，是吧？”

听到芝田的问题，天野回答了一句“当然”。

“我们从工作关系到个人关系，方方面面都进行过调查，却一直未能查到任何线索。之前我们也曾设想过，或许高见雄太郎个人对绘画抱有兴趣的可能性，但最终却依旧没能发现任何线索。伊濑这人也是，既然留下了遗书，那就该写得再详细一些。”

天野一脸不快地说道。

"能让我们看看他留下的那封遗书吗？"

天野说了句"可以"，之后便把文件夹转朝着芝田这边。文件里贴着一张遗书的复印件。

遗书之中，伊濑用工整的字迹写着：

爱知县警的众位：

高见雄太郎是我杀的。给各位添麻烦了，还望原谅。

绘里：

能与你一同聆听披头士，我觉得很幸福。

伊濑耕一

"真是够简短的。"直井在芝田的身旁嘀咕了一句，之后又向天野问道，"这的确是伊濑写下的吗？"

"我们曾经做过笔迹鉴定，这些字的确是伊濑亲笔写下的。"

天野面色严峻，仿佛是在说"我们怎么可能会犯下如此低级的错误"一样。芝田心想这也难怪。

天野又补充道："伊濑的自杀也没有任何疑问。杀人之后设置成上吊的假象，这种事如今已经是再瞒不过任何人了。"

"听说他是在自己屋里上吊自杀的？"芝田问道。

"是的。"

"当时他是怎样上吊的呢？"

"他住的那间屋子里，天花板附近装了一个开闭式的换气口，他当时就是把绳索拴在那里上吊的。发现者是位住在公寓后面的主妇。当时该主妇上阳台晾晒衣物，隔着窗帘看到屋里的尸体，于是便大声惨叫了起来。"

芝田不由得对那名主妇心生同情起来。

“之前你们也曾见过牧村绘里的吧？”直井问道。

“见过。”天野点了点头，“听说她前些日子在东京死了。”

“对——她对伊濑行凶的事，是否知道些什么情况？”

“她对此似乎一无所知。当她得知伊濑自杀身亡时的反应，我至今记得清清楚楚。”

天野这话的意思是说，绘里当时的反应应该不是装出来的。

“除了绘里之外，是否还有其他与伊濑来往密切的人？”

“在伊濑念美术大学时，有个名叫中西的男子曾与他有些交情。但此人却与案件没有半点联系。伊濑行凶时，中西正在公司里彻夜加班，而且他还有证人。那是一家设计公司。除了中西之外，伊濑就再没有什么关系密切的人了。”

芝田向天野打听了一下那处设计事务所的情况，把该事务所位于名古屋站附近的地址记录了下来。

“直到最后，警方也还是没有查明当时高见雄太郎到现场去的原因吗？”芝田问道。

“没有查明。不过也存在有伊濑用了某种办法，把高见约到了现场的可能性……但这种猜测却并没有得到验证。”

天野一脸艰涩的表情，说道。

“高见雄太郎死后，获益最大的人是谁？”

直井若有所思地问道。听他这话的意思，似乎是在怀疑伊濑行凶这事背后或许另有隐情。

“就我们的搜查结果来看，这件事中似乎并没有人获得过任何好处。”天野谨慎地回答道，“尽管其后雄太郎的弟弟康司做了社长，但这并不意味着康司从中得到了好处。相反，经历过那件案子之后，高见家损失惨重，甚至就连他女儿的婚约也被取消了。”

“婚约？”芝田问道，“怎么回事？”

“当时高见雄太郎的女儿即将与人订婚，可发生了那样的案子，两家人也就再顾不上这事了。”

“哦……”

看来那件案子对高见家来说的确是场噩梦。

离开县警本部之后，两人照天野告知的情况，给那家设计事务所打了个电话。得知接电话的就是中西本人，芝田便直接说明了想和对方见一面的意图。听说芝田他们是从东京过来的刑警，中西似乎有些不解，但他最终还是答应了见面。

“伊濑他确实挺缺钱的。当时我们那些人最后成了画家的真的是寥寥无几，大多数人都是到学校里去教书，或者搞了与设计相关的行业。当时他们也曾经劝过伊濑，但是他却说他不喜欢像个工薪族一样上班，所以就到处给人画肖像，挣些零钱糊口度日。”

在设计事务所里，芝田他们见到了中西。事务所的中央放着四台制图台，有两个人正在使用。其中一个是名男子，而另一人看起来似乎是名女大学生。制图台的周围乱七八糟地堆放着些杂物。离制图台稍远的地方放着一组简单的会客沙发，几个人在那里展开了谈话。

中西身材高大，长着一张孩子脸，看上去就像是个有些显老的学生一样。他的体形有些偏胖，衣服上的纽扣绷得很紧。

“如此说来，您对他行凶杀人的事并不觉得有疑惑？”芝田问道。

“有一点吧，”中西说道，“不过当时我真的是大吃了一惊。”

芝田又问了他伊濑与高见雄太郎之间是否存在有交集，对方只说不清楚。毕竟之前爱知县警的人已经找过他，所以芝田他们也并没有抱太大的希望。

芝田又提起了牧村绘里，而中西却并不知道绘里已经死了的事。

听说绘里死在东京，中西的目光中流露出了一丝悲戚。

“您最后一次见到绘里，大概是在什么时候？”

“是在她上东京去之前。当时她曾经来和我道过别。”

“她当时的情形如何？有没有对伊濑行凶的事说过些什么？”

“这个嘛……”

中西呆呆地盯着墙壁。墙上挂着一张玻璃工艺展的海报，但他的目光并没有停留在海报上。

“具体的细节我已经记不大清了，不过当时我看她似乎总是心事重重的。看那样子，似乎不光只是因为案件的事而沮丧。”

之后芝田又提起了丸本和“华屋”的名字，问中西是否能想起些什么。中西也知道“华屋”，不过只是单纯出于它的名气。

离开中西的事务所后，芝田和直井在名古屋的地下街吃了咖喱饭。一对年轻男女正从店门口走过。

“名古屋这边也是毫无收获啊。”直井几口吃完饭，一边喝水，一边望着外边的路，继续说，“甚至就连穿迷你裙的女孩都看不到几个。在这个身材控的年代里，居然还穿些膨松肥大，让人看不出体形的衣服。你看那边，那裙子就跟以前在电视节目里出现过的一样。”

“你说这么大声，会遭人白眼的啦。接下来该怎么办呢？”

“先去一趟中村署，之后再到绘里的老家去看看吧。”

在开创班比宴会公司之前，丸本曾经回名古屋住过一段时间。之前芝田他们曾请中村署调查过丸本在名古屋时的情况。

“去不去伊濑的老家看看呢？”

“岐阜啊？”直井的脸上露出了不耐烦的表情，“那地方太远了。”

“过会儿联系一下头儿，看他怎么决定吧。”

离开地下街，二人向着中村署走去。中村署离得并不太远，徒步完全可以走到。

“四年前，丸本从东京回来后，先是在家里帮了一段时间的忙。他的母亲在竹桥町开了一家咖啡厅。然而半年后，丸本的母亲突然病死，于是咖啡厅就由丸本独自一人来经营了，不过听说生意状况似乎很艰难。”

一个名叫藤木的年轻搜查员郑重地向两人介绍了情况。

“除了母亲之外，丸本就再没有其他亲人了吗？”芝田问道。

“没有了。后来，丸本在两年前关掉了那家咖啡厅，再次去了东京。”

“那他把店和家宅都变卖了？”直井问道。

“是的，但当时卖得的钱几乎全都被丸本拿去还债了，他手上并没剩下多少。”

“是否有谁对当时丸本的情况知道得比较详细？”

“原先的那家咖啡厅附近有家很小的印刷公司，听说那里的老板是丸本的高中同学。”

说着，藤木给二人画了一幅简略的地图。

道过谢后，芝田二人离开中村署，照着地图一路去找那家印刷公司。走了还不到一公里路，就看到面朝一条名为黄金大道的路边上，有处挂着“山本印刷”招牌的地方。旁边则是一家小小的信用社。

老板山本微胖，看上去就是一副商人模样。有关丸本的事，山本说他记得很清楚。

“当时他经营着一家咖啡厅。每次见面，他都会吵嚷着说他要闯回东京去，东山再起。大概也是出于这个缘故，后来他才会横下一条心，上东京去闯荡的吧。听说如今他在宴会服务业界混得不错，是个有出息的人。”

听芝田他们问起丸本上东京去之前的情形，山本轻轻搔着头说道："那家伙总是缺少资金，他甚至曾经找过我，说是100万也好，200万也好，让我借他些钱。当时我拒绝了他，结果他就把家宅和店面给卖掉，设法筹集了些钱。"

"丸本在这边的时候，人际交往一定挺多的吧？"

"怎么说呢？反正不少。"

"请问，您是否见过这两位呢？"

芝田掏出了两张照片，照片上的人分别是牧村绘里和伊濑耕一。山本皱着眉仔细端详了一阵，摇了摇头。

"有件事让我觉得挺可疑的。"

芝田手里抓着吊环，一边在地铁里晃荡，一边冲着身旁的直井低声说道。二人正乘着地铁前往"一社"站。自不必说，前往一社的目的，自然就是去绘里的老家。芝田的心里已经做好了准备，知道这一次绘里的家人是不会欢迎自己了。

直井接着又说："尽管眼下还不清楚是否有关系，但总而言之，目前我们正在追踪两名男子的轨迹。一个是伊濑，另一个是丸本。虽然目前还没有发现他们二人之间的联系，但他们之间却有一个共同点，那就是他们都很缺钱。当然了，钱这东西人人都想要，我也不例外。但他们二人想要钱的原因却与常人略有不同。他们是为了创建一番事业，才需要大笔金钱的。丸本可以说是成功了，而伊濑却杀了人，身败名裂。"

"对比的确挺鲜明的。但这其中有什么问题吗？"

"不清楚。如果有的话，其中必定与金钱有关，尤其是丸本这边。还债后剩下的那点钱，根本就不够让他闯荡宴会服务业界。"

到达一社后，芝田两人沿着之前来过的路一路向北。名古屋的车也挺多的。然而道路宽敞，让步行者安心。

绘里的父亲和哥哥规之都在店里。看到芝田，二人的表情都变得僵硬起来。绘里的母亲出门买东西去了。

绘里的父亲守着店面，规之陪刑警进屋相谈。

对于警方调查了有关伊濑耕一的情况这一点，规之并没有表现出太大的惊讶。或许他早就想到情况会变得如此了。他为自己之前顾及体面，没有说出有关伊濑情况的事向二人道了歉。

当得知绘里的朋友被杀的时候，规之反而震惊不已。芝田连忙向他说明，其实警方目前已经对绘里自杀一案再次展开了调查。

“伊濑死掉之后，绘里从来没和我提过有关案件的事。我感觉她似乎是在刻意回避这问题。”

规之语调沉重地讲述了当时的状况。

“前往东京的时候，绘里是否曾说过些什么呢？”直井问。

“她自己倒没说过什么……只不过我们自己推测，觉得她是为了忘记伊濑才到东京去的。”

规之用掌心擦着刚长出来的胡茬儿。

听说芝田他们提出要求希望再到绘里的房间去看看，规之一口答应了对方。

芝田二人被带到了上次来过的二楼那间六叠大的房间里。房间里的摆设与上次来时一样，只不过家里人打扫得很干净，并没有积下灰尘。征得了规之的同意，芝田二人开始在房间里四处检查。如果能查到什么有关伊濑行凶的线索，那可就是个大收获了。

“芝田。”

听到正在检查柜子的直井叫自己，芝田走到直井的身旁。规之也跟了过去。

“这似乎是绘里啊？”

直井手里拿着一张画。画上的女子两手托腮，微微笑着。画中的人正是绘里。

“除了这张之外，还有其他的吗？”

芝田往柜子里张望了一下。

“还有很多。”规之回答道。

他从柜子里拖出一个扁平的硬纸箱来，从箱子里翻出许多画过的图纸。除了绘里的肖像画之外，还有几幅风景画。虽然在芝田的眼里画画的人技艺不错，但换作是个内行人来看的话，评价或许就会有所不同了。

“还有些肖像画。”

芝田二人找出了十几张伊濑本人的自画像，其中一些画里还画着绘里。直井一脸严肃地一一察看着。芝田很清楚他这样做的目的。这些画里，说不定会出现与案件相关的人。

“这些画可以暂时交给我们保管吗？”

“可以，”规之回答道，“其他的画不需要吗？”

“暂时还不需要，请你们先保管好。”直井说道。

“那幅画也是伊濑画的？”

芝田指着窗户上边的一幅小小的画问道。画里的构图是一片随处可见的窗外景色。

“那是伊濑画的最后一幅画。”规之说道。

“据说那家伙自杀时，画架上放的就是这幅画，而且当时画上的油彩都还没干透呢。画上的景色就是那家伙住的地方的窗外。”

“哦……”

芝田再次抬头看了看那幅画。他本以为既然这是伊濑自杀前的遗作，那么或许能从画里看出些什么端倪来，但画上却实在找不出什么值得注意的地方。

“这幅画也请你们保管好。”直井说道。

除了画之外，房间里就再没有什么值得留意的东西了。伊濑死后，绘里究竟在这里想了些什么，二人实在是想象不出。

“当时绘里整天把自己闷在屋里，独自听音乐。就连我们也只能在吃饭时才见得到她。”

“她都在听些什么呢？”芝田随口问道。

“各种音乐，不过其中以披头士居多。据说伊濑也喜欢披头士。”

“披头士啊……”

之前伊濑写下的那封遗书突然在芝田的脑海中复苏。

绘里：

能与你一同聆听披头士，我觉得很幸福——

2

当芝田他们入住名古屋的商务酒店时，香子走进了涩谷的NHK音乐厅。席位是从前方数起的第十排，位置大致处在正中央，是GS席中最好的位置。

此刻距离开幕还稍稍有点时间。交响乐团正忙着校音，一帮小孩子正好奇地在一旁看着。从发型上就能看出，那些女孩子是念芭蕾学校的。

“这是你头一次看芭蕾吗？”

看到香子正四处张望，高见俊介开口问道。

“对。”香子实话实说，“不过以前曾经在电视上看过几次。”——这话却是在撒谎。香子以前从没把电视频道锁定到古典芭蕾这类优雅的节目上过。

“现场和看电视是有区别的。甚至可以说感觉完全不同。在这一点上，职业棒球也是一样，不去现场看的话，就无法体会到其中的乐趣。”

香子向他投去充满敬意的目光，点了点头。

过了一会儿，临近开场熄灯时，高见提起了由加利的事。前几天香子和他打电话时，他还不知道这事，据说是之后他看到了报道的缘故。

“我看到你也是发现者之一，你和那位女性熟吗？”

“一般……认识而已，而且还是最近刚认识的。”

“是吗？近来不幸的事真是接连不断呢。”

“没错。”

不一会儿，场内的灯便熄灭了。交响乐团开始演奏起了前奏。帷幕拉开，那些就像是从绘本中而来的舞者，开始出现在舞台上。

看完芭蕾，高见邀请香子一起吃饭。这家位于赤坂的法式料理店里的和式装潢，有着一股大正时代的气息，甚至就连椅子和墙上的架子也带着一股装饰派艺术的味道。

“真是不错。不管看上多少遍，《天鹅湖》都会让人感觉无比精彩。”高见把酒杯端到唇边，一脸满足地说道。

香子也笑着点头。她不光觉得芭蕾实际上比想象中要有意思得多，而且感觉自己似乎也开始领悟到了其中的妙处。

“今天你能陪我一起来看芭蕾，真是万分感谢。”高见郑重地说道。

香子含笑摇了摇头。

“我也觉得自己大开了眼界呢。”

“有你这句话，我也就放心了……不会耽误到你的时间吧？”

“没有，不要紧的。”

“那就好。”高见放下酒杯，用手指弹响了桌面，“是叫……真野由加利吧？”

高见提起了前几天发生的事。香子默默点头。

“我看报上说，这事似乎与上次你朋友自杀的那案子有关？”

“对。不过目前还不大清楚。”

“是吗……”

高见皱起眉头，目光落在了身前不远的地上。看样子他似乎是在思考着些什么。香子抬起头看着他，说道：“高见先生？”

“啊？怎么？”过了一秒钟，他才连忙回应道。

“你很在意这次的事？”

高见似乎被香子打了个措手不及，反问：“这次的事？什么事？”

“就是近来发生的这些事啊？绘里的自杀，还有由加利被人杀害的事。”香子盯着高见的眼睛说道。

高见连忙眨了眨眼，把目光移到一旁，但之后又立刻把目光转回到香子身上。

“你问这个干吗？”

“我能看出来，”香子微微一笑，“你其实挺在意的。这次你找我来，也是为了从我这里打听些情况的吧？”

“……”

高见默然不语。大概他自己也不知道该如何回答才好的吧。

今晚和高见摊牌，对香子而言绝非预计之外的行动。如果情况允许的话，她还准备彻底把话给讲清楚。高见一定是在得知了由加利的事之后，知道香子和这事有关联，才故意邀请了自己的。

“其实，我已经知道绘里的恋人的事了。”

听香子这么一说，高见微微张开了嘴。香子看着高见的脸继续说道："而且我还知道她的恋人和你之间的关联。你就别再瞒着我了，把一切都告诉我吧。我会设法帮助你的。"

香子已经改变了原先的作战计划。

之前香子的计划就是设法和高见见面，暗中寻找机会，但现在她却认为，如果高见是想利用一下自己，那么自己就心甘情愿地去主动帮助他好了。高见有着充分的不在场证明，所以他肯定不会是凶手的。

两人间的沉默持续了一段时间，之后高见打破了这种沉默。他微微一笑，端起酒杯，喝下了杯里的液体。高见重重地叹了口气。

"什么事都瞒不过你啊。"

"可以告诉我吗？"

高见并没有立刻回答，而是把玩了一阵空掉的酒杯。掌心的温度，让玻璃变得朦胧起来。

"你知道高见雄太郎是我的伯父吧？"

半晌，高见终于开了口。香子回答说"知道"。

"对于我伯父被人杀害的事，我的心里一直抱有着疑问。"

"你觉得伊濑不是凶手？"

"不，下手杀害我伯父的人应该就是他。但那件案子之中，应该还另有隐情。"

"你为什么会这么想？"

"这个嘛……"高见咽了口唾沫，"暂时还不能告诉你。这一点我没对警察说过，为此我还花了不少工夫。"

"是吗……"

尽管心里有些不解，但香子却觉得眼下还是别再继续追问好。

"我知道了，那我就不问了。如果高见你有什么想问我的，那你也不必客气，尽管问好了。只要我知道的事，我就会告诉你。"

高见眯了眯眼睛，说道："你可真是个不错的人。"

“咱们来干一杯吧。”

听香子这么一说，高见立刻抬起手叫来了服务生。

3

翌日早晨7点，芝田从睡梦中醒了过来。之前他已和前台约好，让前台早上打电话来叫醒自己。

放下话筒，芝田看了看旁边的床铺。直井正倦着背，背朝自己，完全没有半点打算起床的意思。

芝田轻轻摸下床，到卫生间里刷过了牙。镜子里，映出了自己满是胡茬儿的面颊。看到眼睛周围的黑影，芝田还以为是自己看花眼了，不停换着照镜子的角度。

今天他们准备前往岐阜。昨天和本部联系过之后，上头说让他们顺道去伊濑的老家看看。

除此之外，他们还得再到爱知县警本部那边去一趟。搜查本部一直期盼着芝田他们此行能够有所收获。而芝田他们也不想辜负这份期待。

——可是看来他们这次是得空手而归了。虽然那些肖像画也可以算得上是些收获，但那东西究竟又能起到多大的作用呢……

芝田一边想，一边刮着胡子。

走出卫生间，直井依旧还在床上打着鼾。芝田带上钥匙走到门旁，准备出去买些健康饮料回来。

这时，房门上的门链映入了他的眼帘。

门链的构造与银座王后酒店里看到的大致一样。

芝田打开房门，走上走廊，把门链拽出门外。虽然能把链子拽出来，但从门外却无法把门链给拴上。想要拴上门链，就必须先把房门给关好。在这一点上，全世界的门链都是一样的。

芝田回到屋里。他从内侧尝试了一下，结果也是一样的。

——关键就在锁链的长度和金属卡子之间的间隔，这东西总是就只差那么一点儿。如果链子再稍微长一些的话，或许就能想办法从外边拴上了……

这么一想，芝田的脑子里突然闪过了一个念头：凶手莫不会是在锁链的长度上动了手脚？

——不，行不通的。如果凶手这样做的话，那么之后立刻就会被人发现的。

芝田走出房间，先去买来了些健康饮料。直井依旧还在睡着。芝田也不得不为他的好睡眠而感到折服。

一边喝饮料，芝田再次站到了门旁。既然不能改变锁链的长度，那就试着调整一下金属卡子的间隔吧。但这办法却更难办到，而且一定会留下证据。

——等等。

芝田拿起铁锁，又看了看房门。他发现之前自己疏忽了一件很重要的事。

是这么回事啊——芝田用力捏住了手里的饮料瓶。

“直井，直井，快起来。”

芝田走到直井床边，掀起直井盖的毛毯，晃动着他的身体。直井嘟囔一声，再次向着毛毯中钻去。

“该起床了。而且我还有件更重要的事要和你说。”

“干吗呀？早饭我不吃了，让我再睡会儿吧。”

“我有很重要的话要和你说。”芝田凑到直井耳旁大吼，“密室的谜我已经解开了！”

第七章

与你同听披头士

『绘里：
与你同听披头士，我觉得很幸福。』
线索就藏在那些披头士的磁带里啊。

1

与高见俊介一起去看过芭蕾的第二天夜里，下班后香子买了一大堆食材，在公寓的厨房里展开了一场恶战。

“呃，什么……将牛肝浸在盐水里搓揉清洗，然后再冲洗几遍……”

香子手上翻阅着烹饪书籍，嘴里喃喃念道。这些书也是她今天才刚买回来的。

“什么‘冲洗几遍’嘛，要写清楚具体的遍数才行啦。怎么搞的嘛，再怎么洗也洗不干净啦。”

管它呢，香子随意弄了几下。

“剥去外层的薄皮——好，剥掉了。切成一厘米左右的丁……切这么细干吗？这东西得切得大块儿些才好吃啦。”

香子把牛肝切成了两三厘米长的块儿。接下来烹饪书上写的是：用温水汆烫片刻。

“汆烫片刻？片刻是多久？怎么这么多暧昧不明的词儿？让我们这些初学者怎么做嘛？”

除了意大利面和三明治之外，香子基本上就不会做其他的料理。

香子一边发牢骚，一边还是努力尝试着去做。因为她已经和高见俊介约好，下次要到他家去下厨。

虽然香子心里也有些在为之前的约定后悔，但转念想想，自己也还是得在他面前展示一下自己才行。

好不容易才做好了一盘像样儿的料理，可香子自己却已经没有了食欲。尽管其中也有中途试尝了几次的缘故，但更重要的却是此刻她已经累得就连胃袋也停止了蠕动。还是先来上一杯饭前的开胃酒吧。香子握着罐啤在窗户旁坐下，一边喝酒，一边望着楼下的公园。

昨天夜里的一幕幕，再次在她的脑海中浮现出来。

——为什么不能告诉警察呢?

香子回想起了高见的话。他说过，高见雄太郎被杀一案中，还存在些不为人知的内幕。

听这话的意思，估计高见自己已经是知道内幕的真相了。然而这事他却并未告诉过警察。当然了，高见也不会说出他这么做的原因的。

“但请你相信，我与你朋友的死并没有半点的联系。我绝不会欺骗你的。”

高见向香子投来了真挚的目光。“我相信。”——香子当时也回望着高见说道。

——总而言之，只要这案子能圆满了结，那就谢天谢地了。

香子刚刚一口喝完剩下的啤酒，就看到芝田的身影正从公园里走过。昨晚芝田没有回来，但看他身上背着个大包，估计应该是出差去了吧。

香子穿着围裙走出房间，站在走道口等着芝田。一阵沉重的脚步声响过，芝田脖子上挂着松开的领带，出现在了走廊上。看到走廊上的香子，芝田稍稍有些吃惊。

“真没想到，居然还会有人出来迎接我呢。”

芝田的笑容中显露出了一丝疲惫。

“我从窗户里看到你回来了。饿了吧？”

芝田看了看表，说道：“六点钟时吃了个咖喱面包，之后就什么都没吃了。”这时候已经是十一点了。

“那就上我这里来吃点儿吧。我做得太多，自己一个人吃不了的。”

“你就是为了这事，才出来迎接我的啊？”

“当然也想见见你啦，真的。”

“那我就当真啦。”背着包走进房间，芝田先用鼻子闻了一通，问，“这味儿可真够浓的啊？”

“你不会说‘够香’的吗？”

“当然也不乏香味儿，但这味儿却真的挺杂的……”

看到厨房里的模样，芝田把已经到嘴边的话又咽了回去。

“发生什么事了？”

“没什么，我做了几个菜而已。”

“我还以为是厨具和食材之间大战了一场呢。”

芝田一脸茫然地在厨房里看了看。铁锅、平底锅、菜刀、汤匙、量杯散乱地堆放着，其间还混杂着蔬菜的叶片、肝皮和鸡蛋壳，土豆皮挂在水池边上，在换气扇吹出的风里随风飘扬。

“有点乱，抱歉啦。”

说着，香子关掉了换气扇。土豆皮也随之停止了摆动。

“干吗跟我道歉？”芝田看了一眼桌上的菜肴，睁大了眼睛，“这些全都是你做的？”“对，厉害吧？我已经约好下次到他家去给他做饭啦。今天这是彩排。”

“你说的‘他’，是高见不动产的那位少爷吧？”芝田一脸不耐烦地说，“那我不是成了给你尝菜的了？”

“你就别这副表情啦。我以前从没做过什么菜，所以一点儿自信都没有的啦。够朋友的话就帮帮我啦。我给你拿酒去。”香子从冰箱里拿出一瓶冰过的葡萄酒，边拔瓶塞边说，“对了，你上哪儿出差去了？”

“名古屋。”芝田一边回答，一边拿起餐叉尝了尝自己面前的一盘菜。那是一盘酱磨肉、蔬菜和猪肝混在一起，用切成薄片的肉片包起来烘烤成的菜肴。芝田尝了一口，问道，“这是什么菜？”

“香子流日式肉冻卷。”说完，香子倒了两杯白葡萄酒，“你上名古屋干吗去了？”

“事情挺多的，而且还找人打听了高见雄太郎被杀案件的详细情况。”说着，芝田扒开包在外边的肉片，看了看里边的东西说，“你这猪肝的血都没洗干净的啊？”

“血没洗干净？”

“你没有用水洗吗？”

“洗了。我把水接到碗里洗的。”

“下次你还是开着水龙头好好冲洗干净吧。”

“是吗？你还知道这些事？”

“这是常识。而且你这丁儿也切得太大块儿了。一厘米左右就行了，你看你这切得都快有两三厘米了。”

芝田用餐叉叉了一块猪肝，递到香子面前。

“人家书上写的就是切这么大才好吃的啦。”香子平静地说。

“是吗？我倒是觉得再切小一些更好。”

芝田往嘴里塞了一块，喝了口酒。香子也端起了酒杯。

“去了一趟名古屋，有什么收获吗？”

“我也不清楚那东西算不算得上收获，不过我们也已经是竭尽所能了。”

“说来听听嘛。”

“我们又上绘里的老家去了一趟。绘里的哥哥向我们道了歉，说是他之前隐瞒了伊濑耕一的事。”

说完，芝田喝了口菠菜浓汤。尝了一口之后，他默然不语，似乎是在想什么事。

“你们在绘里家发现什么新情况没有？”

“我们打听到了些伊濑死时的情况。据说事后绘里整天闷在屋里，独自一人听披头士的歌。”

“哦？披头士啊……怎么样？浓汤的味道如何？”

见芝田喝过浓汤后露出一脸复杂的表情，香子问道。

芝田摇了摇头，说道：“嗯，味道挺特别的……绘里之所以会听披头士的歌，是因为伊濑在和她交往的时候常听。在伊濑留给绘里的遗书上，写着‘能和你一同聆听披头士，我觉得很幸福’。”

“是吗……”

香子记得之前自己似乎听到过类似的话。是谁说的来着？也有可能是自己想多了吧……

“不过我们在绘里家里却没有什么太大的收获。”

听芝田这么说，但看他的脸上似乎也不是特别失望，香子觉得有些纳闷儿。

“除此之外，你们还到其他地方去了？”

芝田一边嚼着黄瓜一边说道：“还去了趟岐阜。伊濑的老家就在岐阜。我们本以为在那边能打听到些消息的。等去了之后，才发现那地方根本就是乡下。”

“那，你们查到些什么没有？”

“什么也没查到。”芝田轻描淡写地说，“就只查明那地方是个彻头彻尾的乡下地方。”

“除此之外呢？”

“除此之外？”

“你们不是调查了许多事的吗？这话可是刚才你自己说的。可你从刚才起就一直嚷着说没什么收获。你干吗瞒着我啊？”

听香子的语气变得强硬，芝田放下餐叉，故意扭头不去看香子，说道：“我可没有瞒着你什么事，不过就只是毫无收获罢了。”

“骗人。或许你自己没发现，其实你这人凡事都会表露在脸上的。如果你们真的毫无收获的话，那你早就阴沉着脸了。”芝田脸上已经表现出了不快，但香子却毫不在意，接着说道，“告诉我啦，到底出了什么事？”

芝田仍旧避开香子的目光，说道：“我也是没办法的。刑警是不能泄漏搜查中的秘密的。”

“为什么？之前你怎么就从没说过这种话？”

香子露出迷你裙下的膝盖，靠到芝田身旁。芝田先是沉默了一阵，之后他就如同痛下决心似的坐正了身子。

“之前我就和你说过，我觉得那家伙很可疑。而如今你和那可疑的家伙的关系已经发展到了为他做饭的地步。就你现在这状况，我又怎么能把搜查秘密告诉你？”

“等一下，你说的‘可疑的家伙’，指的是高见？”

“当然。”芝田点了点头。

香子抗议道：“他才不可疑呢。他可是有不在场证明的哦。”

“他也可以指使其他人去做。”芝田淡淡地说。

香子摇了摇头。

“这事和他没有关系的。他也一直很想知道真相。”

听了香子的话，芝田的表情就仿佛在一刹那冻住了一样。糟了！香子连忙捂住了自己的嘴。

“他想知道真相……这话什么意思？”

“说了啦……”香子咽了口唾沫，可情急之下，她也想不出什么好的借口来掩饰过去，“他自己也对高见雄太郎被杀的事抱有疑问。如果这次的案子也和那事有关联的话，他也希望知道事情的真相……”

芝田表情僵硬地盯着香子看了好一阵，之后连点了两三下头。

“原来是这么回事啊？你是想从我这里套出情报来，然后再去告诉他？”

香子一阵语塞。她无法否认自己心里的确存在有这种想法。而这也是帮助高见的最简便的方法。

“是这样啊。”

见香子沉默不言，芝田站起身来说：“我本以为你是个聪明女人，但我却似乎看错人了。”

说完，芝田便愤然向着玄关走去。香子叫了声“等等”，芝田也依旧没有回头。玄关的门“砰”地关上，芝田已经离开了房间。

“干吗呀？”香子嘟起了嘴，“又何必发这么大的火儿。”

她看了看桌上剩下的料理，叹了口气。看来这些菜全都得自己一个人包了。香子拿起之前芝田放下的餐叉，叉了块肉放进嘴里。

香子突然皱起了眉头。

“哇，难吃死了……”

2

第二天下午，银座王后酒店二楼的走廊上，聚集了一群神色严肃的男子。松谷警部、直井还有两名从筑地署来的刑警，以及酒店管理员户仓。户仓毫不掩饰心中的焦躁，那表情就仿佛在说“你们到底有完没完”一样。

“接下来我就开始说明了。”

芝田站在203号房的门口，目光从众人的脸上一一滑过，“我将重现一番当时的情形，请众位看好。”

芝田把钥匙插进锁眼，缓缓推开房门。搜查员中有人“哦”了一声。那是因为他们从门缝里看到房门上拴着门链。

芝田一手握住门把，说道：“接下来轮到金属钳登场了。”直井递给芝田一把金属钳，芝田把脚卡到门缝里，用金属钳夹住门链，然后用劲儿剪断了门链。房门上挂着门链的一端，缓缓向着内侧开启。

“屋里一个人也没有。”

松谷朝屋里张望了一下，说道。

芝田接着说道：“当时众人便在此发现了尸体。首先，丸本让户仓先生去打了电话……户仓先生，有劳你像那天那样再做一遍。”

户仓虽然一脸不耐烦的样子，但他似乎也很想知道当时的机关，于是他一边在屋里四处张望，一边向着电话机走去。

紧接着，丸本支开了和他们在一起的服务生。当时他说或许还会有班比宴会公司的人留在酒店里，叫服务生去把他们找来。也就是说，当时站在门旁的人，就只有丸本一个。

芝田用手掌一拍房门。因为房门已经处在了开放的状态，房门内侧朝向了墙壁。

“这时候，那家伙完成了密室诡计的最终步骤。”

说着，芝田稍稍动了一下房门，让众人看了看房门的内侧。一看之下，搜查员们全都发出了惊叹的声音。

“原来如此。”

松谷发出的感叹声比其他人都大。

“还有这一手啊？”

“这就是‘哥伦布的鸡蛋’，看上去很简单，但是却没有人会想得到。”

芝田向着门上有问题的地方伸出手去。被切断的门链一端，被人用透明胶布贴在了门上。也就是说，之前门链根本就没有插在沟槽里，而只是用透明胶布将门链的一端固定在了房门内侧而已。这样的小把戏，即便凶手走到门外去，也能够轻易地做到。

芝田模仿着凶手，将断开的门链上的透明胶布撕去，重新把门链插回到沟槽里。

“密室诡计到此结束。”芝田看了看众人，“门链上虽然有丸本的指纹，但这并不是什么大问题。因为之后那家伙说过，在剪断门链之前，他曾尝试着用手拨动过，门链上自然会留下他的指纹。而且当时动手剪断门链的，也正是丸本本人。”

“也就是说，主犯也好从犯也好，反正丸本都是与这案子脱不开干系了啊。”

松谷双手叉腰，两眼盯着天花板。这是他思考事情时的习惯。

“推理得不错。”松谷说道，“但还是存在一个弱点。”

“对。”芝田一脸严肃地点了点头，“很遗憾，这推理缺少证据。”

从银座王后酒店回去的路上，芝田坐在电车里思考着密室诡计的事。假设大致是成立了，也证明了实际上是可行的。只不过目前还无法证明凶手曾用过这样的诡计。如果无法证明这一点，那么一切就不过只是些空想罢了。

——但如果凶手就只用了透明胶布这一种小道具的话，那么想证明这一点就几乎是不大可能的了。

芝田抬头看了看车厢里的广告，想要换换心情。广告上是一只巨大的冰箱，不知为何，冰箱的旁边却站着一个一身泳装的年轻女郎。女郎手上抱着许多蔬菜，正准备往冰箱里塞。

眼睛盯着车厢广告，芝田的脑海里浮现出了昨天夜里与香子之间的那番对话。直到现在，芝田也依旧没想明白自己当时为何会说出那些话。香子喜欢高见俊介，而且坚信高见与这件案子无关。她既然喜欢高见，那她这样做也是理所当然的。而芝田也没有对此说三道四的资格。为了自己喜欢的男人而去找其他人套取情报，这也是一种很自然的行为。在女人看来，或许还应该对她的做法加以赞誉。

但是……

这件事却总让芝田心里不大痛快。这种感觉究竟从何而来？一想到这里，芝田的思绪就会飘到昨天香子做的那一桌菜上。虽然菜的味道让人觉得奇怪，却又混杂着一种令人怀念的感觉。

“还有一个问题。”

身旁的直井拽着吊环，随着车厢的晃动，轻轻摆动着身体。他的声音打断了芝田的思绪，让芝田转过身子去看着他。

“氰酸钾是绘里自己准备的。如果绘里不是自杀的，那她又为何会服下毒药呢？”

“关于这一点，我也有着我自己的想法。”芝田说。

“你是想说，刚开始时绘里是准备用那些毒药毒死凶手的？”直井的回应很简单。而芝田的想法也正是如此。

“然而最后死掉的人却是绘里。为什么会出现这样的结果？莫非是凶手发现绘里下毒，于是偷偷地用自己那杯毒酒调换了绘里那杯无毒的酒？”

“这种事能办到吗？”芝田问。

“动作快的话，应该还是能做到的吧。”

“不，我不是这个意思。我是说，绘里她能够神不知鬼不觉地往酒里下毒吗？”

芝田的脑海中，浮现出了绘里与凶手在酒店里独处一室的景象。桌上两只酒杯，酒杯里都盛着啤酒。绘里手中拿着包在纸里的氰酸钾，窥伺着往酒里下毒的时机。

“有点困难啊。”

直井似乎也在设想着相同的状况。

“从心理上来看似乎不大可行。”芝田也同意他的观点，“但绘里当时是先进房间去等对方的，所以她只用事先把毒酒准备好就行了。那么她是在杯子里放入了不致让对方发现的量吗？不，就鉴识科[1]的报告来看，毒药的量并不少。如此看来，她应该是事先把毒药混入到啤酒瓶里的。”

“可是酒瓶里却没有检出毒药来啊？”

“……这倒也是。”

芝田压低了嗓门。如此说来，绘里当时还是伺机往杯里投毒的？可是，这对绘里而言是需要有非常大的勇气的。然而芝田却又想不出什么其他的方案来。

——还有另外的问题啊。

“除了密室手法之外，还有另外一个问题。”芝田喃喃念道。

3

电话铃响起时，香子还缩在被窝里。看看钟，已经是11点多了。好久没能舒舒服服地睡个懒觉了。最近两三天的料理特训，让香子感到

---

❶ 鉴识科：法医中的术语，指犯罪现场取证，法医鉴定技能为主的学科。

身心俱疲。她本想再睡上一会儿，可电话铃声却响个不停。

——啊，莫不会是……

香子猛地在床上坐了起来。电话说不定是高见打来的。

电话机放在桌下，和拖鞋混在一起。最近几天，厨房周围根本就是乱作一团。

拿起话筒，还不等香子说话，就听对方问道："是小田小姐吧？"

"对。"这声音香子曾经听到过，仔细一想，香子的脑海中才浮现出了对方的面庞。香子心说糟了，但这时却已经来不及了。

"是我。"

对方的嗓门震得香子鼓膜发颤。香子把听筒从耳边挪开，冲着话筒问道："请问是哪位？"

"是我啊，'华屋'的健三。"

"哦。"果然，香子心里感到有些不快，"上次真是谢谢您了。"可她却还是得以礼相待。毕竟，之前她曾收过人家送的红珊瑚胸针。

"不谢，你也没必要为那种东西道谢的。对了，上次不是说好的吗？咱们就一块儿去吃个饭吧。"

"嗯？吃饭？"香子不由得拔高了嗓门。之前她倒也的确曾无心答应过这事，"啊……是吗？不过不好意思，我今天还得上班呢。"

"上班？接待吗？"

"是啊。我们公司从来都不让人休假的。今天要接连到赤坂王后酒店、江户川度假村和芝田酒店去呢。"

王后酒店那边倒是真的，但其余两处却是香子随口胡诌的。"一会儿我得去下美容院，之后直接去上班，估计下班的时候都到半夜了。"

“哦，真是辛苦呢。”

“是啊。如果不上班的话，那我倒挺愿意和您一同去吃饭的。”

“那你可真算是够幸运的。”

“……”

不祥的预感划过心头，香子闭上了嘴。

健三开心地接着说道：“我早就猜到会这样，所以刚才我给你们公司打了个电话，和你们丸本社长说，今天你的工作就是给我一个人当礼仪小姐。这样一来，不但你我二人能够安心去约会，班比宴会公司也能赚到钱，皆大欢喜。”

香子手里握着听筒，傻愣愣地站在原地。话筒里传出了健三爽朗的笑声。

听到健三问想吃些什么，香子立刻回答说想吃怀石料理。其原因有二：第一，近来一直在吃自己试着烧的菜，香子已经开始对西式的料理感到有些腻味了；第二，怀石料理每一品的量都不多，哪怕对面坐的人会让她没什么食欲，最后也还是能坚持吃完的。

正如香子之前所预想的那样，吃饭的时候，健三一直喋喋不休。可说了半天，那些话里也几乎没什么内容。不是说他曾经看上一个宝冢的艺人，接连不断地给人家送宝石，结果一个月后被人家一股脑儿地用宅急便给送了回来，就是他本打算从横滨出发，乘帆船环绕日本一圈，结果中途却患了急性阑尾炎，最终作罢。当然了，也有些健三故意炫耀的话题。而其中最令他自鸣得意的，就是几年前他曾在美国住过一段时间。当香子问起他在美国都干了些什么时，他张大嘴笑着说：“学习，不管什么事都是一种学习。”学个屁，香子暗自在心里诅咒道。

“不过话说回来，班比宴会公司的丸本社长也挺可怜的。”健三往嘴里塞了块金枪鱼片，若有所思似地微微一笑，“不光情人自杀了，就连过来做兼职礼仪的女孩也被人给杀了。警方肯定不会轻易放过他的。不光这些，社会上的舆论也会紧随而来，为了保住自己在客户面前的信誉，估计他也是拼了命了吧。今天我给他打电话时，他还苦苦哀求说今后也请多多关照呢。”

这倒是。香子自己也很赞同。虽然眼下还不清楚他是不是凶手，但丸本最怕看到的，就是公司的信誉因为这次的事情而一落千丈。

“目前警方似乎也正在全力调查。虽然我也不大清楚他和这次的案件有什么关系，但刑警却的确曾到公司来找过他的。”

香子回想起了芝田之前说过的话。在由加利遇害的前一天，她曾经找人问过“华屋”社长的情况。“华屋”委托班比宴会公司承办派对礼仪接待的事，也让人感觉到有些蹊跷。

“西原先生。”香子两眼望着健三，嗲声说道，“我听人说，‘华屋’找班比宴会公司做礼仪接待，是出于佐竹部长的推荐？那，佐竹先生又为何要选择班比呢？”

健三放下筷子，一脸严肃地看着香子说：“佐竹？这事你是听谁说的？”

“就是我们班比内部的人啦。”

“哦？”健三一脸纳闷儿的表情，“一般准备宴会这种事，我们都是让手下去办的。大概是佐竹在班比这边有相好的吧，不过话说回来，也正是多亏于此，我才能遇到你这样的大美人儿呢。”

见健三准备拿起瓶子来倒酒，香子连忙用手捂住自己的酒杯，连说“不必了”。

饭后，健三邀请香子到“华屋”本社去一趟。香子本想尽早开溜，但听过健三请她去本社的目的，香子又改变了主意。据说目前在本社的展览室里，正在举办一场“世界的新宝石展”。

“什么叫‘新宝石’？”

听香子这么问，健三冲她挤了挤眼，说道："去看过你就会知道的啦。"

展览室的面积超过35平方米，里边密密麻麻地摆满了各种新宝石和铭牌。除了香子他们之外，就只有寥寥数名参观者。据健三说，这场展会并非正式的展示会，只对"华屋"的最高级别客户开放。

"哇，真漂亮。"

看到一对色泽鲜红如火的红宝石耳环，香子不由得连连感慨。重量为3.99克拉，其颗粒之大可想而知。除此之外，还有祖母绿的耳环与挂坠、金绿宝石……每一颗宝石的颗粒都非常之大。

"这些石头，其实全都是些人造宝石。"看到香子的脸上露出了惊异的表情，健三得意道，"准确地说，这都是合成的宝石。"

"那就是说，这些宝石全都是些赝品？"

健三竖起食指左右晃动了两下，嘴里啧啧连声。看样子他是想装一装酷，结果却没能成功。

"所谓的赝品，指的是外观上看起来与天然宝石一样，但实际上的化学构造与组成却与天然宝石完全不同。相较于此，合成宝石虽然也是人工制造出来的，但它们的化学构造和组成却与天然宝石完全一样。"

"哦？这么说来，那些红宝石和蓝宝石的性质，也是和天然宝石一样的喽？"

"对。当然了，比方说这枚红宝石戒指，周围镶嵌的钻石却是天然的真品。即便如此，价格也只是原先的十分之一。"

香子回想起自己前几天也曾听健三提过人造宝石的事。别看他只是个纨绔子弟，说起来倒也有一番属于他自己的创新尝试呢。

在展厅里参观了一会儿人造宝石的首饰，香子忽然感觉周围的气氛变得有些异样。店员们似乎很紧张。回头一看，只见一位中年绅士带着一位和服打扮的女性走进了展厅。之前香子似乎见过那位绅士。

“哟。”健三抬手打了个招呼。中年男子也冲着健三点了点头。

香子突然想了起来，这人不就是“华屋”的副社长西原昭一吗？

“听说客户对展会的评价挺不错的啊？”昭一朝健三走来。

“今后宝石就将跨入人造时代了。”健三得意洋洋地说道。如此看来，这场展会应该就是他策划的了。

“嗯，多尝试尝试好了。”

说完，昭一将目光投到了香子的身上。香子本来还在担心昭一会不会把自己误认为是健三的恋人，但对方似乎对香子毫无兴趣，径自向着陈列展柜走去。

香子本想婉拒健三要送自己回家的提议，但健三却始终坚持己见。无奈之下，香子只好坐进白色的奔驰车里，健三连忙开心地将地址告诉了司机。

车子里一应俱全，电话、电视自不必说，甚至就连冰箱也有。见健三正忙不迭地在车里寻找什么东西，香子扭头一看，只见健三手里握着麦克风，似乎是准备开始K歌。开什么玩笑！香子心里感到有些发怯。

“您的哥哥挺有范儿的呢。”

为了争取时间，香子随口找了个话题。可健三却并没有停下。副驾驶座的车座靠背，似乎就是一个卡拉OK的装置。

“大哥他自小受的就是‘华屋’继承人一样的待遇，而他本人似乎也是意识到了这一点，一直都不苟言笑——对了，你是喜欢*Yesterday*还是喜欢《人生就是一场梦》呢？”

“那，您的二哥呢？”

“如今二哥卓二人在国外。嗯，就来首*My Way*吧。”

还不等香子找到另外的话题，健三便已设置好了磁带。于是，在回到公寓的路上，香子一直忍受了三首健三唱的蹩脚歌曲。

来到公寓，香子推脱不过，健三一直跟着她来到了房门外。按健三的说法，这叫作“送人送到家门口”。香子本想这叫什么狗屁说法，但看车子还在楼下等着健三，她也才放下了心。

“那我就先告辞了……今天真是感谢您的款待了。”

打开门锁，香子在房门外低头致谢，然而健三却依旧不肯离去。他看看门上的铭牌，说道：“可以进你屋里去看看吗？我对你住的地方挺感兴趣的。好，我就进屋坐会儿吧。”

好什么好！

“呃，屋里挺乱的，就不必了吧。”

可香子的话却完全不管用，健三一边嚷着“没事，没事”，一边径自推门进了屋。香子连忙跟了进去。

健三在玄关处停下了脚步。看那样子，似乎是惊呆了。

“怎么了？”

听香子这么一问，健三叹了口气。

“的确有些乱呢。”

“嗯？”

从健三身旁穿过，一看屋里，香子自己也惊呆了。屋里散乱不堪，就像是刚刚遭遇了一场小小的台风一样。

4

香子最先翻看的，是藏在枕头下边的存折。幸好还在。只要这东西没被人偷走，那么香子也就可以暂时松口气了。香子把存折紧紧抱在胸前，无力地瘫坐在了地上。

健三打过电话之后，没过几分钟，附近派出所的巡查就来了。健三告诉巡查说是有人入室行窃，但香子立刻便否定了健三的说法。她说这件事可能会与由加利被杀的案件有关，告诉巡查最好是让与这案子相关的刑警来一下。

“罪犯究竟是在找什么呢？”

健三看了一眼水池里那堆积如山的餐具，说道。他似乎把那些东西也当成是罪犯的行径了。

“罪犯或许是在找上次在由加利那边没找到的东西。因为上次没找到，所以这次就找到我这里来了。”

然而香子也不知道对方究竟要找什么。

没过多久，所辖警署的刑警便来了，芝田他们也随后赶到。

等健三和其他的搜查员离开之后，芝田开始动手帮着香子收拾房间。尽管芝田说是或许还能有些什么新发现，但之前其他搜查员早已彻头彻尾地搜过一遍，所以香子对芝田的说法并不以为然。

“目前已经清楚的情况，”芝田一边把那些散落一地的女性杂志捡到一块儿，一边说道，“就是你这里有些东西，对凶手来说很不利。而且目前凶手还没有找到那东西。”

“到底是什么呢？”

“不清楚。估计由加利曾经找到过那东西，所以她才会被杀的。不过我却搞不明白，凶手为何会知道自己要找的东西就在由加利手上呢？虽然凶手推断那东西后来到了你的手上，但实际上却并非如此。”

“我没有从由加利那里拿走过任何东西。”

“似乎是的。”

芝田默默地继续收拾。香子把衣服放回衣柜里。

"你还同时在和那胖子交往吗？"

芝田一边动手一边问道。

"不是的啦。是他今天突然来约我的啦。"

"'华屋'不也和这次的案件有关吗？你最好还是当心点儿。我这话也是为你好。"

"我知道。"

听香子回答过之后，芝田默默地开始动手收拾CD和磁带。香子顺便去打扫厨房。然而看到芝田把那些磁带全都捡作一堆之后，香子的脑海中突然闪过了一个念头。

"我说，"香子说道，"凶手要找的那东西，应该不会是从一开始就一直在由加利手上的吧？"

芝田放下手里的活儿，抬头看了看香子。香子也回望着芝田，说道："他要找的东西，之前应该是在绘里的手上吧。"

"有这种可能。"芝田说道，"而且可能性非常大。可如果绘里把这么重要的东西交给了由加利的话，那么由加利也应该早就有所觉察了才对啊？"

"或许……或许那东西也不是绘里亲手交给她，而是无意间到了她手中的。所以她才没能立刻发现那东西原来是个很大的线索。"

"无意间到了她手中……"芝田站起身来，皱着眉头盯着天花板看了一阵，"有这样的东西吗？"

"有。我和由加利认识的那天夜里，由加利曾经跟我说过的。她说在她去帮忙收拾绘里的房间时，绘里的父母把绘里留下的那些CD和磁带全都送给了她，后来她每天晚上都会听一听那些CD和磁带的。"

芝田"啪"的一声打了个响指。

"这么说来，线索就隐藏在那些CD和磁带里喽？因为由加利每天夜里都会按顺序一盒盒地听，所以她找到了那线索……"

“肯定是那些磁带。”

香子也兴奋了起来，“磁带里肯定是录了些什么东西。”

“等等。”芝田半张着嘴，目光盯着半空中的某处，“对了，绘里当时也曾干过同样的事。伊濑刚死的时候，她也曾经整天把自己关在屋里，一个人听披头士的歌。还有……”他向着香子伸出了食指，“伊濑留给绘里的遗书里，也写着‘能和你一同聆听披头士，我觉得很幸福’。”

“线索就藏在那些披头士的磁带里啊。”

还不等香子说完，芝田便已经扑向了电话。

5

“本以为这是个轻松活儿，但总这么听下去，感觉倒也有些痛苦了。”

直井盘腿而坐，一边吸溜着杯面里的面条，一边嘟囔道。直井的面前放着一部CD音响，音响里放的是*Hey，Jude*。芝田和香子则用迷你音响听着*Girl*。

地点是由加利之前住的公寓里。听说那些披头士的磁带里隐藏着些什么，直井也跑来帮忙，几个人从头开始一盒盒地听。那些披头士的磁带至少有20盒，想要全部听过来，估计还是得花上些时间的。

“如果我们的推理没错的话，”芝田抱着双臂，站在那堆磁带面前，“当初伊濑应该是在这些披头士的磁带里隐藏了些什么才对。后来绘里在听这些磁带时，也发现了其中的奥妙。所以她后来才会到东京来的。当时让她这样做的原因，就在这些磁带之中。”

“伊濑干吗要搞得这么麻烦？干脆在遗书里写清楚不就完了？”

说着，直井打了个呵欠。接着香子也打了个呵欠。音乐这东西，随意听听的时候感觉不错，但总这样集中精力去听的话，有时也会引得人犯困。但这既然是工作，那也就管不了有趣与无趣了。

“他这么做，肯定是有他不能把这事写进遗书里去的理由的。只要找到那盒有问题的磁带，这事自然也就会迎刃而解的。”

“真有你说的那么简单就好啦。”

直井也伴随着音乐唱了起来。

直井的话一点儿没错，事情果真不像芝田他们想象的那样简单。三个人听完了所有的磁带，结果却依旧是一无所获。

“奇怪了。”就连芝田也开始无精打采地念叨了起来，“怎么会找不到呢？”

“会不会是让凶手给拿走了？”

“不，凶手肯定也没找到，不然他就不会去翻你的房间了。”

香子随手拿起了身旁的一只磁带盒，把盒子里的曲目索引纸抽了出来。

“会不会，其实并不是录在磁带里，而是写在索引纸上？”

“我早就调查过了。”

直井大字形地躺在地上，开口说道。他的身旁堆着一堆空磁带盒，“顺带告诉你们一声，CD盒我也检查过了，里边什么都没有。”

“真是奇怪了。”芝田再次抱头。

“没什么可奇怪的，估计错误也是常有的事儿。关键还在于吸取教训，下次别再重蹈覆辙。搜查这种事还是得一步一步来。”

直井的思维能力似乎也渐渐变得迟钝，说话开始前言不搭后语了。尽管如此，他依旧没有失去干劲，重新从头开始听了起来。

香子盯着索引纸上的文字说：“我说，曲目的名字会不会隐藏了什么暗号呢？”

“暗号？”芝田抬起了头。

“比方说，把头几个字凑到一起的话，会不会就是一句话？这种事不是经常会在那些推理小说里出现的吗？”

“嗯。”

芝田把磁带盒收集到一起，盯着索引纸上的文字看了一阵。他的嘴里不停地喃喃默念着，反复不停地尝试着解读。

过了一阵，他似乎突然间想到了什么，猛地抬起来，冲着香子摇了摇头。

“不，不是这样的。如果事情真有那么复杂的话，就不会有人能解读出来了。其中的机关，应该是绘里和由加利也能轻易就留意到的。”

“是吗……”

这么说倒也没错。香子心想。至少当时由加利也不是为了寻找线索才来听这些磁带的。

“莫非我们真的想错了……”

芝田重重地叹了口气，似乎已经失去了信心。

“喂，这里有点不大对劲啊？”就在这时，直井猛地坐起身来说道。他的手里握着一张曲目索引，然而音响里却没有半点声音。

“怎么了？”芝田问道。

“刚才我都没留意到。这盒带子里少了一首曲子，*Paper back Writer*。你看，曲目索引上写着有，可实际上磁带里却没有。”

香子也凑了过来。曲目索引A面的一栏里写满了英文的歌曲名，以*Can't Buy Me Love*为首，一共六首曲子，而最后一首就是那首*Paper back Writer*。

“我听了一遍，结果发现在第五首*Lady Madonna*结束之后，这盒磁带就完了。后边就再也没有声音了。”

“B面呢？”芝田问道。

“就像索引上写的那样，什么都没录。”

索引上B面那栏里的确什么都没写。

芝田沉吟了起来：“这究竟是怎么回事？”

“最大的可能性，就是这其实也没什么意思。不是在写曲目索引时出了错，就是忘了把曲子给录上去了。兴许这就只是个单纯的失误。”

“那要是其中另有深意呢？”

听香子这么一问，两名刑警全都闭上了嘴。

“搞不好，”芝田说道，“这里其实是录有什么东西的，而且不是这首曲目。”

“可里边什么都没有啊？”

“没错。”

“怎么回事？”

香子问过之后，芝田再次默默不语。直井却用低沉的嗓音开了腔：

“这不明摆着的吗？里面本来是录了些东西的，但现在却没了。也就是说，有人把那段录音给洗掉了。”

第八章

Paper back Writer

直井走到他的身旁，凑近看了看。细长的褐色带子背面，密密麻麻地写满了字。

1

第二天的傍晚。

芝田和直井来到了班比宴会公司事务所旁的咖啡厅里。班比宴会公司的营业社员米泽一脸紧张地坐在二人对面。米泽扶了一下架在鼻梁上的金丝眼镜，干咳一声。

“两位找我究竟有什么事呢？”

作为男人，米泽的嗓音有些尖锐，这也让芝田对他留下了一种较为神经质的印象。

“我们有些有关您工作的事想请教。”直井说道，“每次那些礼仪小姐到派对会场工作的时候，您都会一直待在准备室里吗？”

“是的。请问有什么问题吗？”

米泽的目光不安地摇摆着。芝田觉得他并不是个擅长撒谎的人。

“礼仪小姐们的随身贵重物品，一般都是放在准备室里的吧？”

听到直井的问话，米泽的表情变得更加紧张。

“为他们保管贵重物品就是我的工作。”

“原来如此。这么说来，您应该是不会让无关人员进入准备室的吧？”

“当然不会。”

“打个比方，”说到这里，直井稍稍停顿了一下。之后，他盯着米泽那张略显神经质的脸继续问道，“丸本社长是否曾在准备室里出现过呢？”

“社长？”米泽露出了不可思议的表情，“社长到准备室来干吗？”

“也就是说，最近没有发生过这样的事吧？”

“没有。”米泽摇头。

两个人之所以会这样问，其实根源还与小田香子的房间遭人闯入有关。罪犯究竟是怎样闯入她的房间的呢？香子一口咬定，说出门时她是关好了所有门窗的，而且房门上也没有被人硬撬开过的痕迹。如此一来，最大的可能性，就是对方手上有钥匙了。然而香子却说自己从来没有把钥匙借给其他人过。这下子，她到派对会场去工作的时间段就变得可疑了起来。芝田他们认为，丸本这类的人趁着礼仪小姐们都会上班的时候进入准备室，打开香子的包，配得钥匙模型的可能性也还是存在的。

——既然不是丸本……

那么还剩下另一种可能。

“最近是否发生过这样的事呢？派对中途，突然有礼仪小姐回到准备室里。”芝田问道。

米泽摇了摇头。

“没有过。如果不是出了什么大事的话，派对中途是不允许任何人开溜的。”

“不是派对中途也没事，总之就是礼仪小姐单独回来。比方说，派对还没开始时，有人回来拿忘了的东西之类的。”

“这问题挺难回答的。”说着，米泽皱起了眉头，“忘了拿东西？礼仪小姐上班的时候就不需要随身带什么东西的。”

说着，他又突然想起什么来了似的。

“对了。几天前，有一次全员都离开了准备室之后，倒是有人单独回来过。我当时问她怎么了，她说没什么，让我把头转朝一边去。我照她说的做了之后，就听她打开包拿了些什么，然后她就到厕所里去了。估计那天是她月经来了吧。”

或许是因为平日里就整天在女人堆里混的缘故，米泽说起这些话来，完全就是面不改色心不跳。

“几天前？准确的日子是几天之前呢？”直井问。

“请等一下。”米泽掏出小册子，翻看了一下，说道，“三天前。”

“那位女性是谁呢？”

听芝田问起这事，米泽的脸上多少流露出了一些困惑。

“是江崎洋子，主陪江崎洋子。”

和米泽道过别之后，芝田和直井回到新宿，找了家拉面馆填饱肚子。

“果不出所料，江崎洋子出现在视野中了啊。”

直井用手帕擦着额上的汗珠，一边吸溜着拉面，一边说道。

“对，和我们之前所预想的一样。”芝田也不由得点了点头。

即便丸本自己没有进过准备室，但只要他身边有个愿意帮他的礼仪小姐，那么丸本就有可能会搞到香子家门的钥匙。那么，这个愿意帮助丸本的礼仪小姐又是谁呢？就只可能是江崎洋子了。虽然她曾经说过，自己和丸本就只是玩玩罢了，可实际情况如何，却并没有任何人知道。

“洋子当时背着米泽，从香子的包里拿走了钥匙。之后她进入厕所，用黏土之类的东西复制了钥匙的形状，把钥匙偷偷放回了香子的包里。因为这事发生在三天前，那么最晚前天也应该可以拿到配好的钥匙了。于是她昨天便潜入了香子家里。”

直井捏着筷子说了一通，之后两手捧起碗来，把碗里的汤喝了个干干净净。

“如果洋子从一开始就帮助了丸本的话，那么情况就有所不同了。”

芝田认为有必要调查一下由加利被杀那天和香子房间遭人闯入时洋子的不在场证明。

“如此一来，说牧村绘里是丸本情人的传闻，也就越发地站不住脚了啊？如果事情真的像传闻中说的那样，那么洋子也就不会帮助丸本了啊？”

听完直井的话，芝田紧紧捏住了手里的筷子。丸本的确很可疑，但芝田却始终找不出任何的证据来。

出了拉面馆，二人向着新宿署走去。之前从米泽那里打听到的情况，两个人已经向搜查本部报告过了，估计过不了多久，上头就会下令相关人员去找那些配钥匙的挨个儿询问了。稍稍走了一段路，直井突然停住了脚步。路旁是一家小小的音像店。

“这里会不会有披头士专辑呢？”直井喃喃说道。

“进去看看吧。”芝田率先跨进了店里。

店里的年轻客人很多，但大多数人都集中在CD的货架前。LP碟的货架前几乎就没有什么客人。近来的流行偏向就是如此。

“芝田你平常喜欢听些什么？”

直井的目光在店里扫了一圈，之后他开口问芝田道。

“这个嘛，我比较喜欢Princess Princess。每次听他们的歌，都会觉得全身疲累不翼而飞，整个人充满了活力。”

“我之前从没听说过这组合呢。既然有这样的效果，那下次我也来听听看好了。”

见眼前有个围着围裙的年轻店员，芝田开口问店里有没有披头士的专辑。店员自信满满地回答说“当然有。”

“我们想找一张收录有*Paper back Writer*的专辑。”直井说道。

“是要找CD还是要找LP？”

“最好是LP。”芝田说道。估计伊濑当时应该是从LP上翻录下来的。

店员找来了一张以*Hey，Jude*为名的专辑。封面上印着披头士四人的照片。

“给我放一下*Paper back Writer*听一下吧。”

听直井说完，店员便立刻说好，把专辑放到了机器里。音乐响起。曲子开始时的过门节奏非常慢，而随后曲风一转，旋律也变得轻快起来。

“嗯？”

直井看着唱片封面，惊异地叫了一声。

“怎么了？”

“你看，那盒磁带里的曲子，全都收录在这专辑的A面上呢。”

“是啊。估计伊濑当时录的就是这张专辑吧？”

“我也是这么想的，但曲目的顺序却有些不一样啊？这张专辑里，*Paper back Writer*是排在第三首的，但那盒磁带上却是第六首。”

“大概是伊濑重新编排了一下录制的顺序吧。不过……”

芝田和直井对望了一眼：“这又是为什么呢？”

“问题就在这里了。他为什么要这么做呢？如果只是为了留信给牧村绘里的话，他也没必要这么做的。”

芝田把目光挪回到不停旋转的专辑上。曲子已经接近了尾声。见两名男子之间有些争执，店员投来了困惑的目光。

“也就是说，”芝田开口说道，“曲子必须是*Paper back Writer*，对吧？”

“对。那又为何非得是这首呢？喂，能把这曲目翻译成日语，给我们说一说吗？”

“所谓的‘paperback’，指的就是‘简装本’的意思。简装本作家——也就是‘滥情小说家’的意思啦。”

“嗯。”直井沉吟道，“似乎一点儿联系都没有啊？”

“不过这其中似乎有些问题啊？回去重新调查一下吧。”

“说的也是。好，快点回去吧。喂，不好意思了，我们下次再来。”

丢下本以为他们会买下专辑的店员，两个人飞奔出了音像店。

搜查本部里，松谷正在听取其他搜查员的报告。报告的内容似乎是有关丸本创建现今这家公司时的资金来源。在这方面，从记录上来看，应该是没有什么可疑的地方。当时丸本利用他变卖名古屋老家后剩下的钱，开设了一家规模很小的事务所。

“但是，从他当时的状况起家，在短时间内经营到现在的规模，这一点却让人感觉有些想不明白。估计他应该是给那些酒店塞过钱了吧。此外，他还从那些一流的宴会公司挖走了不少的礼仪小姐。不光礼仪小姐，他们甚至还四处探寻好的礼仪教练。搞这些事，是需要很多钱的。”

“问题就在于，他是从哪儿弄来这些钱的呢？”

听完搜查员的报告，松谷摸了摸下巴。想要查证收受贿赂这种事是很难的。即便当面质问丸本，估计他也只会装糊涂。

“有没有查到些有关丸本和佐竹之间的关系方面的情报？”见谈

话暂告一段落，直井在一旁插嘴问道。

从班比宴会公司的成长经历来看，“华屋”感谢派对的业务在其中起着至关重要的作用。而当时指名让班比来承办派对的人，就是这个佐竹部长。

松谷皱着眉说：“很遗憾，什么都没查到。我总觉得，我们好像疏忽了什么很重要的事。”

这时候，另一位搜查员也回来了。此人是负责调查小田香子的房间遭人闯入时江崎洋子的不在场证明的。从结论上来看，江崎洋子当时并没有不在场证明。江崎本人说她那天三点多的时候去了美容院，而之前她一直待在家里。

“之后我又问了她在由加利被杀那天的不在场证明。那天她也是在三点时去了美容院，而从傍晚时起，她就到银座王后酒店上班去了。”

“嗯，由加利那天的不在场证明还算成立啊？不过还是找美容院验证一下她说的话吧。”

趁松谷向其他搜查员下指示的工夫，直井和芝田掏出那盒磁带，再次检查起了曲目索引。结果两个人依旧是一无所获。

“光从曲目索引上来看，感觉伊濑似乎没必要改变曲目编排顺序的啊？”直井不解地说道。

“是啊。本来最后一首是*Revolution*，就照原样排序也没什么不可的啊？”

“你们在干吗呢？”系长坂口凑到二人身旁，开口问道。

因为腰背浑圆，又长了一双圆眼睛，大伙儿都管他叫“豆狸”。坂口看了看芝田手里的东西，问道：“披头士啊？查到些什么没有？”因为平日里坂口就只会听演歌，所以他并没有插手这方面的调查。

“*Paper back Writer*——我们正在解这个‘滥情小说家’之谜呢。”

直井用手指着磁带的曲目索引，半开玩笑地说。

“哦？这是‘滥情小说家’的意思啊？”坂口感慨地说。他的英语也很差劲。

“‘Writer’就是作家，而‘Paper back’就是‘滥情小说’的词组。”

“不对，‘Paperback’是一个单词啦。”芝田苦笑着纠正道。

“可‘paper’和‘back’之间是有间隔的啊？莫非是笔误？”坂口一脸疑惑地看看磁带盒。

“啵？”

芝田接过磁带盒，重新看了看。的确，索引上写的并非“*Paperback Writer*”，而是“*Paper back Writer*”。

“大概是笔误吧。”直井凑过来说道，“也可能其中另有深意。”

“应该没什么深意吧。”坂口说，“相反，如果不是笔误的话，那么意思可就说不通了啊？‘paper’是‘纸’，‘back’是‘背后’，这话的意思就成‘在纸的背后写作的作家’了。这叫啥话嘛。”

“不，在这种时候，‘back’就应该翻译成‘反面’了。所以，‘在纸的反面写作的作家’……”

芝田突然猛地抬起头，目光与直井对在了一起。直井似乎也明白了。

芝田从磁带盒里抽出索引，翻过背面来看了看。可索引的背面依旧是什么都没写。

“不对，是这里。”

话音刚落，直井便揪住了磁带的带子，使劲儿往外一抽。顿时，褐色的磁带带子散落了出来。

“看看背面。”

不必直井开口，芝田早已翻过磁带带子背面检查起来了。在带子即将完结的地方，芝田终于有所发现。

“是我们大意了……”芝田呆然默念道。

直井走到他的身旁，凑近看了看。看到两个人的情形有些不对，其他的搜查员也聚集了过来。

细长的褐色带子背面，密密麻麻地写满了字。

2

“我只把真相告诉你。希望你能明白，我为何会感到痛苦。

“我需要钱。有了钱，我就能向世人展示自己的实力了。但像我现在这样的话，估计这辈子都不会有出头之日的。

“可是，那些家伙却巧妙地利用了我的这种心理。

“我希望自己能有什么办法轻松地弄到钱。我抓住了高见雄太郎的把柄，想要勒索他一笔。尽管我也是听信了那些家伙的花言巧语，但这样做，也让我失去了做人最宝贵的东西。

“没错，那时候我的确疯了。所以，当我听高见说他决心报警时，我不顾一切地扑向了他……

“说说那些陷害我的人吧。其中的一个，是个叫作Higashi的男子。上次你到我房间来，看到桌上那张肖像画时，你不是还说画里的人目光太犀利了吗？而那幅画上的人，正是这个Higashi。至于他的来历和身份，我自己也不大清楚。我只是曾经偶然看他走进过名古屋的一家名为‘华屋’的宝石店。但他给人的感觉却并非是名寻常的顾客。看那些店员都对他敬畏有加，估计是‘华屋’的什么大人物吧。另一个人叫作Tsuburaya。他的身份来历，我一点儿都不了解。平日里，他总会和

Higashi在一起。Tsuburaya长了一张马脸，年纪在三十四五左右。

“如果你要把这些事告诉警察，那你就去吧。但我个人却不希望你这样做。就像之前我所说的，如果我们的罪行被曝光的话，将会有更多的人受到伤害。

“绘里，对不起。我是个白痴。请你忘记我，去追寻你的幸福吧。”

磁带的背面，写的就是上边的这些话。

话的内容令人震惊。芝田把这些话抄到黑板上，就连其他的搜查员也吃惊得再说不出一个字来。

“这可是个绝大的发现。”松谷摇头说道，“从这段文字上来看，似乎是伊濑和Higashi、Tsuburaya二人联手，想要勒索高见雄太郎啊？估计是他们找高见要了几次钱，得知高见决心报警之后，便一时冲动，杀害了高见啊？”

“后来，牧村绘里发现了这段话，于是便准备找Higashi和Tsuburaya报仇。因为如果不是他们的话，伊濑也就不会死了。”

听过芝田的意见，周围的人都点了点头。

“绘里的心理我能理解，但她打算怎么做呢？这段文字里就只提到了Higashi和Tsuburaya二人的名字。”

松谷嘟起了厚厚的嘴唇。

“绘里曾经看到过Higashi的肖像，再从‘华屋’的大人物这一条件出发，她已经看穿了Higashi的真实身份。于是，当她知道Higashi人在这儿之后，绘里自己也来到了东京。”

说着说着，芝田感觉到自己的身体正在渐渐发热。松谷抱着双臂，似乎是在细细玩味芝田的意见。

“这个Tsuburaya会不会就是丸本？”直井指着黑板说道，“从面部特征和年龄上看，丸本和这个人完全一致。如此一来，丸本设立班比宴会公司时的资金来源也就一清二楚了。此外，Tsuburaya这个姓氏写成汉字就是‘圆谷’，‘丸’就是‘圆’，所以这很可能是丸本用的假名。”

众人一阵惊叹。直井的意见一针见血。松谷盯着黑板看了一阵，慎重地赞同了直井的观点：“或许吧。如此说来，牧村绘里是在得知了这个Tsuburaya的真实身份后，才潜入了班比宴会公司的？”

“不，事情倒也未必如此。”一名从刚才起就一直默不作声的搜查员说道，“她也有可能是为了参加‘华屋’的派对，才潜入了班比的。”

这话没错。芝田心想。光从这盒磁带上来看，是无法看穿Tsuburaya的真面目的。

“如此说来，那就应该是这么回事了：牧村绘里为了报仇来到东京。做礼仪小姐本来只是单纯地为了挣些生活费，可后来她听说‘华屋’会搞感谢派对，而且每一次他们都会指定班比宴会公司，于是绘里便跳槽到了班比……”

“问题就在这里了。绘里来到东京，过了两年时间，却依旧没能找到接近Higashi的办法，于是她决定借由派对来接近‘华屋’。”

直井激动得口沫横飞，“可她却没有想到，自己进入的这家公司，正是Tsuburaya经营的班比宴会公司。这事看似巧合，但既然‘华屋’与班比之间的关系就等同于Higashi和Tsuburaya之间的关系，那么其实也就算不上什么巧合了。”

“这个Higashi的真面目就是佐竹啊？”坂口猛地一拍膝盖。松谷也沉吟着点了点头。

“还得找点证据来证明这一点啊。好，再去彻底地调查一番佐竹的过去，尤其是在高见雄太郎被杀的那段时间里的情况。”

他激动地说完之后，环视了一下众人的反应。

“我可以问一句吗？”直井抬起了手，“真野由加利被杀的原因，也是因为她发现了磁带的秘密吧？”

“应该是吧。”坂口在一旁插嘴道，“在被杀的头一天，她不是还找人问过‘华屋’的社长是谁的吗？她这么问的原因，大概也是因为她看了遗书吧？而凶手闯入真野由加利和小田香子家的目的，也正是为了寻找这盒磁带。”

“可凶手又为何会知道有这盒磁带存在呢？不，凶手应该是不知道秘密就藏在磁带里的。如果凶手知道的话，那么这盒磁带早就落入凶手的手中了。总而言之，凶手是知道伊濑留下了告白的。这又是什么原因呢？”

直井环视了一圈，想要向众人征求意见，可是却没有人发言。这样的指责够犀利：凶手的行动一定是有其理由的。

“会不会是真野由加利自己告诉凶手的？”松谷终于开口道，“说是她手上有证据，让凶手说实话。”

“不过光凭这盒磁带的话，却是无法判定凶手是谁的。”坂口说道。松谷也露出了为难的表情，说道：“好，这就是大伙儿回家后的家庭作业。目前先把精力集中到佐竹身上。”

“还有高见雄太郎的秘密。”

听芝田这么一说，松谷重重地点了点头。

“没错。高见雄太郎究竟有什么把柄落在他们手里？大家要把高见家的秘密给找出来。”

3

高见俊介的房间位于公寓的最靠东的角上。虽然南面也有阳台，但东面却也是一个很大的屋顶阳台。站在那里向远处眺望，正面就是高轮王子酒店。淋浴在阳光下，大楼显得格外耀眼。

“就只有景色还算不错。”高见一边煮咖啡一边说道。

摩卡的香气在房间里四溢。

“哎呀，我来吧。”

“没关系的，过会儿你还要做菜呢。”

见高见笑着回答，香子便没有再说什么。

今天是香子的房间遭人闯入三天后的周日，终于到了香子展示厨艺的时候了。香子感觉无比紧张。

“接着刚才的说，除此之外，有没有什么东西被偷的？”

高见把咖啡端到了沙发旁。

“嗯，贵重物品并没有失窃。”

之前高见开车到品川站接了香子，车里，香子把三天前的事告诉了他。高见当时大为吃惊。

“令人担心啊。”高见皱着眉说，“不会是因为你和我交往的原因，才给你带来的麻烦吧？”

“不是的啦。”香子连忙否认，“没人知道我们见面的事的啦。之所以会有人闯入我的房间，估计是因为我和绘里、由加利关系不错啦。”

“那就好。”

高见依旧一脸复杂的表情。他抿了口咖啡。

一边喝咖啡，香子一边环视了一下屋里。这里的DK[1]很宽敞，比香子的房间要大得多。而且除此之外，还有两个房间。这么大的空间，足够两个人住了。

---

[1] DK：指餐厅和厨房（dining room and kitchen）。

“对了，刚才你说的那磁带的事也挺有意思的。由伊濑耕一手上转到牧村绘里手上，之后再到真野由加利的手里——那些披头士的磁带里隐藏着些什么，这推理真是挺有趣的。”

“目前还只是停留于推理阶段。”

“不，这推理肯定不会有错的。那些磁带现在在哪里呢？”

“让警察给拿去了。”

听香子说完，高见的表情在一刹那间僵住了。其后，他再次露出了笑脸，喝了口杯里的咖啡。

“是吗？真是遗憾，本来我还想亲眼看看那些磁带呢。”

“我刚才也说了，关键的部分似乎已经让人给洗掉了。”

“也许吧，不过……”高见向香子投去了真挚的目光，“搞不好，也有可能伊濑并没有在磁带上录音，而是用其他手段隐藏了些什么。”

“其他手段？”

“具体我也不清楚。”

高见站起身来，走到音响旁，放入了唱碟。音响合成器的声音静静地在屋里流淌。“这是巴赫。”他说道，“用音响合成器演奏出来的巴赫，听起来感觉也挺不错的。”

两个人静静地聆听了一阵演奏。

“那个……”香子再也忍受不了沉默，开口说道，“等警察把那些磁带送还回来之后，我给你送过来吧。”

高见稍稍想了一下，之后微笑着说：“嗯，那就拜托了。”

看到对方的反应，香子明白自己刚才的提议根本毫无意义。如果警方归还了那些磁带，那就说明其中根本没有任何问题。把这些东西送给高见，完全就毫无任何用处。

——我可真够蠢的……

耳朵里聆听着巴赫的乐曲，香子不禁为自己的傻话感到羞愧。

这事都怪芝田。香子心想。最近两三天时间里，芝田一直没有在香子面前出现过。每天都要到三更半夜里，芝田才会回到高圆寺的公寓。看到报箱里的新报纸，香子才确认了芝田曾经回来过。香子也曾往他的邮筒里塞过信，告诉他说“明天上班之前，到我这里来喝杯茶吧”，但香子的门铃却一直不曾响起过。

其中的缘故不言自明。要是芝田见到香子的话，香子肯定会向他询问搜查的状况。而且实际上香子心里也的确有这种想法。她想知道那些磁带后来都怎样了。

——他是在担心，怕我把情报泄露给高见。可人家高见又不是凶手，干吗这样防着人家嘛！

香子盯着高见那张俊秀的脸庞，心中想着。

眼看差不多该做些准备了，香子收拾好咖啡杯，走进了厨房里。系上自己从家里带来的围裙，香子感觉自己就像是个准备上场比赛的运动员。

“你准备做些什么菜？”坐在沙发上的高见问道。

“只是些家常小菜啦。”香子回答道。这话倒还真不是香子谦虚，事实也确实如此。

之前练习了无数次的“香子流日式肉冻卷”最终还是作罢，今天的菜谱是意式佛罗伦萨猪肉、地中海沙拉和清炖肉汤，全都是些适合初学者制作的菜肴。

“啊，不好。”

香子把食材放到料理台上，一看自己之前打的小抄，才发现自己忘了买蘑菇罐头。

“怎么了？”一旁看报的高见抬头问道。

"我忘记买一样东西了。我去去就来。"

香子解下了围裙。

"现在去吗？如果不是很重要的话，干脆就别去了吧。"

"呃，这个……"

香子不知该如何回答。说句实话，其实她自己也不清楚缺了蘑菇罐头会怎样。想来或许也不会有什么太大的差别，但作为初学者，最好凡事还是照着书本来。

"我还是去一趟吧。我也不想做些偷工减料的菜出来。"

"是吗？那你路上小心。门就不必锁了。"

香子举手示意高见也不必起来，走过走廊来到玄关。穿上鞋子，打开房门，香子又想起自己忘了带钱包。她关上门，再次回到走廊上。

就在这时，起居室里的电话响了起来。

香子听到高见接起电话，说了句"我是高见"。

"怎么是你？"高见的声音听起来似乎有些紧张。香子不由得停下脚步，侧身聆听起来。

"交易？"他问道。或许是高见以为香子已经出门的缘故，他的嗓门并不算小。"什么交易？"

一阵沉默。之后只听高见说道："我实在是不明白你在说些什么。"

再次沉默。这一次的时间要比刚才长上许多。不知为何，甚至就连香子的掌心也渗出了汗珠。

过了一会儿，只听高见用低沉的声音说道："好吧，那在哪儿见呢？……行，那就明天八点。"

听到高见挂断电话，香子蹑手蹑脚地回到玄关，之后故意大声地开了房门。之后，她踏出同样大的脚步声，一路走过了走廊。

"我怎么会这么笨？居然连钱包也不带就出门去了。"香子心想。

4

当香子在高见家开始动手做菜时，芝田和直井已经回到了新宿署。之前两个人到佐竹家周围去打听了一圈。如果佐竹就是伊濑的遗书里提到的那个Higashi，那么他和丸本就应该在三年前弄到了一大笔钱才对。他们两个人探听的重点，就是佐竹当时是否有过类似的迹象。但是就今天的调查范围来看，他们并没有打听到这类的情况。

“名古屋那头的情况如何？”向松谷报告过情况之后，芝田开口问道。

之前本部已经派出搜查员前往名古屋，到伊濑生前常去的店里打听，问是否见过疑似Higashi或Tsuburaya的人。

“目前还没有什么值得一提的进展。”松谷回答道，“不过去调查高见家情况的人却听到了些关于高见雄太郎女儿的奇怪传闻。”

“雄太郎的女儿？这么说来……”

芝田回想起自己上次到爱知县警本部去时听说的事。记得应该是受了雄太郎被杀事件的影响，雄太郎女儿相亲的事也作罢了。

“雄太郎的女儿名叫高见礼子，是雄太郎的独生女儿。可是那边如今也搞不清楚这个人是否还在了。”

“行踪不明了？”

“不，也算不上行踪不明。据说她如今应该在名古屋的高见雄太郎的老家，与现任社长康司的家人住在一起。”

“应该？”

“您就别再卖关子了啦。”直井也说。

“据说自从案件发生以后，她就一直闭门不出。生父被杀，遭受了这样的打击，倒也难怪她会如此，但在其后的一两年时间里却一直没人当面见到过她，这一点让人感到有些蹊跷。”

“不会是死了吧？”

直井的玩笑让人感觉开得有些过火。松谷瞪了他一眼，说道：“不，虽然没人当面见过她，却也有人曾见过她，据说看她的样子还不错。”

“那个本打算和她相亲的对象又是个什么人呢？”

听芝田这么一问，松谷把嗓门压得很低，说：“似乎是大藏省先生的儿子。当然了，这其中自然也存在有相互间的私底交易。”

“那，后来是否又有人重提过这门亲事呢？”

“不清楚，不过就目前来看似乎是没有过。如今高见雄太郎已经不在了，那么这门亲事也就没什么意义了吧。”

说完之后，松谷露出了决心将这条线索追查下去的表情。

“对了，从那些肖像画里是否查到些什么消息了呢？”

芝田这么一说，松谷原来紧绷的表情又松弛了下来。

“那些你们带回的肖像画似乎就是全部了。虽然我们也请爱知县警协助查寻过，但似乎没再查到其他情况。”

照伊濑遗书上所说的，伊濑生前应该曾经画下过Higashi的长相的。芝田他们后来又调查了一番那些画，但别说佐竹了，他们甚至就连与“华屋”有关的人的肖像画都没找到。

“或许是Higashi已经处理掉了吧？”

直井所说的这种情况也并非没有可能。

“如果真是如此的话，那么当年牧村绘里就只是单凭之前她在伊濑屋里看到的那幅画的记忆，上东京来报仇的了。而且为了这件事，她一直等了两年半的时间。女人的怨念可真是够可怕的啊。”松谷痛心地说。

“可佐竹的长相也是很好记的啊？肖像画也很容易画。伊濑的遗书里也曾提到过，那是个目光犀利的男子。”

芝田回想起之前香子曾说过佐竹长得就跟具骷髅似的。

“这个佐竹可有点让人觉得有些棘手啊。”松谷皱起眉头，眉间的皱纹深得就跟用雕刻刀刻出来的一样，“眼下我也派了人去调查了，但在牧村绘里被杀的时候，他似乎是有不在场证明的。当时他正和西原一家一起，在同一家酒店的顶层接见客户。从九点到十点这段时间里，他的不在场证明是完美无缺的。”

“那下手杀人的就是丸本？”直井说道。之后他看了看芝田，接着又说，“而且那个密室手法不是只有丸本才能做到的吗？这下子也就没什么疑问了。”

“不，我觉得有些不大对劲。”芝田否定道，“正是因为不知道丸本就是Tsuburaya，所以牧村绘里才打算在办派对时找Higashi报仇的。”

“这一点我明白。”

“如此一来，她在酒店房间里等的人也应该是Higashi才对。”

“话是没错，但也有丸本当时代替Higashi去见她的可能。”

“不，应该不是。”松谷一边往廉价的茶碗里倒着清淡如水的茶，一边说道，“尽管最终事与愿违，但当时绘里的确下了毒。那就说明，绘里要杀的人曾经出现过。”

“是吗……”听松谷说过之后，直井也不得不同意了松谷的观点。尽管如此，直井却依旧有些不大明白，“不过当时绘里的行动究竟如何，眼下却很难把握住当时的状况啊。而且对于她后来怎么会死掉这一点，也同样让人无法猜透。如果不能弄清这一点，就先谈不在场证明的话，却也让人有些难以信服啊。”

“这话倒也说得没错。”松谷手里端着茶碗，目光投向远方。

过了一阵，他重重地点了点头，“好，那就试着来再现一下当晚的情况吧。”

“再现？怎么再现？”

“比方说，你就是绘里。而这里就是酒店的房间。你已经成功地约来了Higashi，对方随后就到。在等对方出现的时候，你会怎样做呢？这是啤酒瓶，这是杯子。”松谷递出了桌上的茶壶和茶杯，对直井说道。

直井掐灭了香烟，端坐在椅子上。

“这个嘛，如果我是绘里的话……我应该会事先把毒药下到瓶子里去的吧。这样做可保万无一失。之后，我会再把瓶盖给盖回去。”

“但如此一来的话，绘里自己的杯里也就得倒上有毒的啤酒了。为了让对方疏忽大意，她自己也必须稍稍喝上一点儿。”

松谷指出了自己的观点。直井搔了搔头，不得不认同松谷的观点并没有错。

“那么，事情又是否会是这样的呢？绘里事先便往自己的杯子里倒上了酒。”直井提起茶壶，倒好一碗茶，“之后她再往瓶里下毒。然后她就这样子等待对方的出现。”

“好，那就按你说的去做。接下来是芝田。”

“有。”

“你来充当Higashi的角色。从你进入房间时开始。”

“是。”

回答过后，芝田才发现自己根本就不知道该做些什么。

松谷对直井说道：“看到对方出现之后，绘里首先会怎么做呢？”

直井想了想，说道：“应该会劝对方喝些啤酒吧。”

“好，那你就试试吧。”

直井提起茶壶往芝田的杯里倒了杯茶，说道：“来一杯如何？”

“好了，问题就在这里了。Higashi当时是怎么做的呢？如果当时他喝下那杯酒的话，那么他就死了。”

“我想Higashi应该会认为酒里或许会有毒。”

“嗯，然后呢？”

“然后他会寻找时机，偷偷把绘里的杯子换过来。”

芝田迅速地把直井面前的杯子和自己的杯子调换了一下。松谷点了点头。

“嗯，这样的机会倒也不算太难找。比方说，他故意把东西弄掉到地上，让绘里去捡。然后呢？”

“二人喝下啤酒。”

直井把茶杯端到嘴边，芝田也跟着照做。之后直井放下茶杯，比了个搔扒喉咙的动作：“呜，好难过……是这样吧？”

“你这演技可真够差劲的。算了，不跟你计较了。”松谷苦笑了一下，朝芝田问道，“那之后Higashi又会怎样做呢？”

“他应该会把丸本叫来，商议这事该如何善后。”

“等一下，当时是几点？”

“这个嘛……”芝田看了看自己的记录，见上边写着牧村绘里是在9点20分时找前台借了钥匙的，芝田说，“是在九点半左右吧。”

“那么丸本又是在何时去找前台拿203号房的钥匙呢？”

“据说是在9点40分左右。如此说来……当时丸本应该就在现场附近。”

如果不是这样的话，那么时间就对不上了。

“或许是在绘里约Higashi的时候，Higashi就联系过丸本了吧。所以丸本就一直在附近等着。”

直井提出了自己的见解。

“好。这事先暂且打住。现在再来讨论一下啤酒瓶的问题。”松谷轻轻地敲了敲茶壶，“这样子的话，瓶里就会留有毒药。凶手当时是怎样处理它的呢？鉴识结果上说，瓶子并没有被清洗过。”

“会不会是从冰箱里另拿一瓶，稍稍倒掉一些，然后拿去与毒酒调换了过来？”直井说道。

“不对，一般酒店的冰箱里会放两瓶啤酒，而当时另一瓶根本就没人动过。”松谷反驳道，“不过凶手也可能会从其他地方另拿一瓶来偷偷换上。那家酒店里有没有瓶装啤酒的自动贩售机？”

“没有。”

听到芝田如此回答，松谷的脸上露出了一丝遗憾。他本以为这是个不错的设想。“如此说来，凶手当时是没法临时买到啤酒的啊？”

“会不会是从其他房间拿来的呢？”直井问。

松谷的眼睛里闪现出光芒，说：“哪里的房间？”

“204号房。”芝田说道，“那天班比宴会公司的准备室是203和204号房。”

“但凶手又是怎样进去的呢？没有钥匙的话，是进不去的吧？”

“如果那间房里之前就有人在呢？”

“丸本吗？”松谷握起右拳，一拳砸到左手手心里，“和Higashi联系过之后，那家伙就进了204号房。等等，丸本是怎么进入204号房的？”

“趁着204号房还没锁门时，让最后离开的礼仪小姐帮忙留门。”芝田说道。

自不必说，给丸本留门的礼仪小姐当然就是江崎洋子。松谷点点头，把脸转向黑板，说：“好，我们来整理一下吧。”

- 绘里邀约Higashi前往房间（派对中途）。
- Higashi联系丸本。

- 绘里与小田香子一同离开203号房（8点30分）。
- 丸本来到银座王后酒店，在江崎洋子的帮助下进入204号房。
- 绘里找前台借来203号房的钥匙（9点20分左右），在房间里等待Higashi。
- Higashi进入房间，偷换酒杯。绘里死亡。
- Higashi进入204号房，要求丸本帮助。
- 二人从204房的冰箱里拿出啤酒，稍稍倒掉一些，放到203号房的桌上。带毒酒瓶在清洗干净后，被放回204号房。
- Higashi离去。丸本在对门链动过手脚后来到前台，委托服务人员打开203号房门（9点40分左右）。

“好，这下子就彻底清楚了。”松谷一脸满足地擦了擦下巴。

“最后一步就是丸本的表演了。之后把绘里说成是丸本的情妇，捏造出三角关系的自杀动机，而江崎洋子也同样是他的配角。”

直井从西装衣兜里掏出一盒被揉得皱巴巴的烟来。甚至就连烟盒里的香烟也折弯了。

“如此看来，Higashi当时至少在现场待了10分钟左右的时间。如果佐竹在接见客户时曾经离开过席位的话，那么整件事也就说得通了。”芝田一边记录一边说道。

“好，我们就来查证一下这方面的情况吧。还有就是银座王后酒店，去确认一下那天204号房里的啤酒是否少了。”松谷大声指示道。

5

香子的料理最终获得了成功。在高见的帮助下收拾好碗筷餐具，远望着暮色西沉的天空，两个人喝着饭后的红茶。

二人之间的谈话并不算投机，原因香子心里清楚，高见一直在想刚才那通电话的事。即便香子主动和他说话，他也有些心不在焉。看到他这副样子，香子也变得比平常沉默了些。

——那通电话究竟是谁打来的呢？

沉默持续，香子心里也在想这件事。是否单纯只是工作上的交易？

然而从高见说话的语气来看，事情似乎并非如此。交易？到底是什么交易？

“我也差不多该告辞了。”

感觉到再这么耽误下去也不是个事儿，香子站起身来说道。或许是心里还在想事的缘故，高见的反应似乎慢了一拍。

“是吗？那我给你叫辆车吧。”说完高见走进了隔壁的房间。没过多久，他便再次走了出来，说道，“抱歉，我似乎是把电话簿忘在车上了。我这就去拿，你稍等我一下。”

“好的。”

高见出去之后，香子再次坐到了沙发上。桌角上的电话机映入了她的眼帘。那是一部通体碧蓝，附带录音装置的机器。

——搞不好，刚才那通电话也录了音呢。

香子稍稍犹豫了一下，之后她一狠心，往回倒卷了一截磁带，摁下了播放键。

什么声音也没有。

等了一会儿之后，香子把手伸向了停止键。果然，刚才的那通电话并没有录音。然而就在这时……

“俊介。”声音突然响起。是个女人的声音。香子的手指搭在停止键上，无法动弹。

“俊介……来找我吧……俊介……来找我吧……俊介……”

香子身上鸡皮疙瘩顿起，她赶忙摁下了停止键。磁带里的声音戛然而止，房间里回落着香子自己的心跳声。

——刚才那声音……

开门声响起。伴随着脚步声，屋里响起了高见的声音：“让你久等了。我这就给你叫车。”

高见走到香子身旁，把电话移到了自己面前。就在他伸手准备摁下号码时，他看着香子的脸说道：“你怎么了？”

“啊？”

“你的脸色很糟糕。”

“哦……”香子伸手摸了摸自己的面颊，“大概是累了吧。”

“今天真是辛苦你了。”高见温柔地说。之后，他便开始摁起了电话号码。

眼望着出租车车窗外流过的霓虹灯，香子心里感到很不痛快。磁带里的那声音，一直萦绕在香子的脑海里。

那声音估计是段电话留言录音吧。所以才会听不到高见的说话声。

——那声音好悲切，好凄苦。

“俊介……来找我吧……”

香子之前也曾听到过那声音。

第一次和高见去吃饭时，香子接起车里的车载电话时，就曾经听过那声音。

当时，香子听到的是一阵啜泣声……

第九章 以眨眼干杯

伊濑的遗书上也曾提到过，说是此人目光犀利，而或许这才是他的真面目。装傻这招向来都是最实用的面具……

1

周一的白天，芝田和直井再次来到了班比宴会公司的事务所。二人已不知这是第几次坐这里的电梯，可以说是轻车熟路了。

进入事务所，两个人毫不客气地从通道走过。丸本正在看什么文件。见二人站在桌前，丸本缓缓抬起头来，睁大了眼睛。

“吓我一跳。两位有什么事吗？”

“我们有点事想找您问一下。”

听芝田说完，丸本一脸困惑地把目光移回到文件上。

“可我现在没空啊。”

“只耽误您10分钟时间就好。”

丸本不耐烦地皱了皱眉，起身说道：“那就10分钟吧。”

刚进会客室，丸本就先看了看手表。他似乎是在确认时间。看对方来这手，芝田他们也就开门见山地说正事了。

“首先我们想问的是绘里死去那天夜里的事。之前您曾说过，那天晚上您本是和她约好在银座王后酒店见面的是吧？”

“说过。”丸本平静地点头道。

“当时你们约的是几点呢？”

“也没准确地约定是几点。工作结束，准备室空下来大致是9点左右，所以我就选择了那个时间段。”

这回答可够谨慎的。芝田心想。

“您是几点到达酒店的呢？”

“呃……”丸本把手贴到额头上，“大约是……9点半左右吧。”

“之前您又在哪里呢？”

依照芝田他们的推测，当时丸本应该是潜伏在204号房里。

“请等一下。”

丸本掏出手册。翻开手册时，他偷偷瞄了一眼手表。看样子他是准备10分钟一到就开溜。

“我是八点离开这里，然后慢悠悠地走到银座去的。”

“如此说来，您当时在街上逛了很久喽？”

直井在一旁讽刺道。丸本没有回答，而是露出了难看的笑容，感觉就像在说：“随你们去想好了。”

“可以再问您一个问题吗？”芝田问道。

“请问吧。”说着，丸本再次看了看表。

“这问题或许有些冒昧，但我们还是得问一问。您是否有证据证明，当时您在和牧村绘里交往呢？”

“这可真是……”丸本把身子往沙发上一靠，重重地叹了口气，“这还真是个够冒昧的问题呢。”

芝田什么也没说，两眼盯着丸本的表情。他坚信绘里是不会给这样的男人当情妇的。

“很遗憾，我没什么证据。”丸本含糊不清地说道。

看他那副面带遗憾的神色，实在是让人气不打一处来。

“请您再好好想想吧。”直井说道，“想要证明男女之间没什么关系的确很难，但要证明存在关系的话，应该是很简单的吧？”

这句话里也同样充满了嘲讽。然而丸本却淡淡一笑，摇了摇头。

“你这是一般论吧？但我和绘里之间是很谨慎的。”

“可是……”

“哎呀。”丸本站起身来说道，“抱歉，10分钟时间到了。本想再和二位多聊几分钟的，但我自己的时间也有些紧张。两位刑警慢慢聊。”

芝田恨不得一把掐住丸本那细长的脖颈。

走出会客室，二人再次从办公室横穿而过，向着出口走去。办公室里的电话铃声依旧响个不停。有的社员甚至已经是到了两只手握着听筒的地步。

“哎？又请假？小田君，你这样会让我们很难办的啊。”

听到小田的名字，芝田停下了脚步。手握听筒的是一位男性社员。

“这样子啊，发烧的话那倒也就没办法了……嗯，不过……其他的女孩……钱……这个……”

似乎是香子一直在说个不停，接电话的社员闭口不再言语。过了一会儿，他终于开口说道：“我知道了。不过这可是最后一次了哦……好了好了，你也不必说了。”

之后，那名社员放下听筒，冲着身边的女社员说：“小田香子发烧39度，请假。”

——不会是感冒了吧？

心里想象着香子躺在床上的模样，芝田和直井一同走出了事务所。

2

下身牛仔裤上身Polo衫，外边再套上夹克衫。近来一直穿迷你裙，已不知有多久不曾穿成这副样子了。把头发拢到脑后，卡上发卡，往镜子前一站，感觉完全是另外一个人。

——也差不多该出门了。

香子看了看时间，往玄关走去。她挑了一双方便走路的鞋子。毕竟眼下还不清楚今天得走上多久。

今晚8点，高见与人有约。昨天晚上香子一直都在想这件事，要么什么都不做，要么去找芝田商量一下……可去找芝田商量是不是有点太傻了？芝田什么都不会告诉自己，而自己却主动跑去把情报告诉他，这种事实在是太不公平了。而且芝田那家伙也从来没把高见当成过好人。

因此，香子决心跟踪高见一番，亲眼看看事情的结果，然后再去考虑今后的事。

“好了，上战场了。”

给自己打了打气之后，香子猛地打开了门。

“嗯？”

“啊？”

不知为何，芝田正站在门外。芝田吃了一惊，呆呆地问道：“你是……哪位？”他似乎并没有发现只是香子换了身衣服。

“香子不在。”

说着，香子正打算关门，结果就被芝田一把拽住了。

“怎么，是你啊？我从声音上听出来了。”

既然已经露馅了，那也就没办法了。香子松开门，让芝田进了屋。

“你怎么这会儿就回来了？”

“我不是回来，是来探病了。”

芝田抬起右手，手里提着一个装满水果的篮子。

“来探病……探谁的病？”

“探你的病。”芝田说，“你不是发高烧了吗？还不回去躺着好好休息？”

“发烧？我可没有发烧。”说完，香子回想起之前自己给班比宴会公司打的那通电话，说道，“你不会是……到事务所里去过了吧？”

“对，我就是在那里听到你给他们打电话的……”说着说着，芝田的表情渐渐发生了变化，“你其实没病？”

“这事和你没关系，水果你就提回去吧。榨成汁的话一定会很美味的。”

说着，香子伸手在芝田胸口推了一把。芝田放下果篮，反而将香子推了回去。

“等等，你要上哪儿去？”

香子睁大眼睛，摇了摇头说：“不上哪儿去。”

“不，你肯定是要上哪儿去。不然你打扮成这副老土模样干吗？”

“谁要你管？不是和你说过这事与你无关了吗？”

“既然和我无关，那不就可以说了吗？有关系的话才更不能说了。难道不是吗？”

芝田两手叉腰地俯视着香子。香子低头看了看表。再不快点出发的话，就赶不上高见离开公司了。

“我要去跟踪高见。”

香子也不再隐瞒了。

“跟踪高见？为什么？”

芝田吃了一惊。这也难怪。听香子讲述了事情的经过之后，芝田的脸色也变了。

“是吗？这其中必定有些问题啊。”他咬住嘴唇，低头想了想，之后又突然抬起头来说，“你干吗要瞒着我呢？”

“你不也一样，”香子毫不示弱，也咬起了嘴唇，“什么都不愿告诉我吗？”

芝田一言不发地盯着香子，香子也同样回看着芝田。

“好吧。”芝田说道，“快走吧，要不然就没时间了。”

“嗯？”

“咱俩一块儿去跟踪他。”

高见不动产本部大楼对面有家咖啡厅，香子和芝田在咖啡厅里监视着对面的动静。芝田续了一杯可可，香子也已经吃下了两块蛋糕。

等待高见出现的时候，芝田把隐藏在“*Paper back Writer*”那盒磁带里的秘密告诉了香子。听了这段推理小说一样的故事，香子连声惊呼。

“真相已经近在眼前，问题就在于高见家的秘密了。我们觉得这件事的核心人物就是高见礼子。”

喝光杯子里的水之后，芝田叫来服务生，让服务生给加了些水。

“或许我要告诉你的事和你刚才说的事之间并没有什么联系，不过……”

事先声明过一番之后，香子把之前她听到的那两通奇怪的电话的事告诉了芝田。听过芝田的讲述之后，香子觉得打来电话的人或许就是那个高见礼子。

“如果高见礼子是这样一个状况的话，那么也就难怪她不愿出现了。不过她应该是在高见雄太郎死后才变得如此的。所以这事与成为恐吓素材的高见家的秘密应该不是同一回事。”

芝田虽然有些吃惊，但他还是如此说道。香子也觉得他说的有道理。

7点半，高见离开了公司。香子和芝田也一起走出了咖啡厅。

高见沿着外堀大道向着新桥走去。香子和芝田跟在他身后20米远的地方。香子和芝田什么也没说。高见的脚步很快，只要稍一走神就会跟丢。

高见钻过山手线的护栏，穿过马路走进了一家酒店。两个人连忙跟了上去。走进大厅，就见高见正在向前台询问着些什么。他扭头回望了一眼，但是感觉他并没有发现香子他们。哪怕伪装得再差，也要比完全不伪装好。看到高见离开前台坐上了旁边的电梯，芝田飞身向着前台走去。他似乎是在问刚才那客人到哪间房间去了。见前台人员露出一副惊异的模样，芝田掏出警官证让对方看了看。前台人员的脸色立刻就变了。

“说他是上301号房去了。快。”

芝田牵起香子的手，一路向着电梯跑去。在电梯里，芝田问道：“你猜是以谁的名义订的房间？”香子摇了摇头。

“西原健三。”芝田说道。

“怎么会这样？”

“突然间需要用到假名字时，人们往往都会随口说出自己熟识之人的名字来的。”

电梯上到三楼，二人快步走上了走廊。刚上走廊，就听到有房门“啪”的一声关上，走近一看，果然就是301号房。

芝田满意地点了点头，回到电梯厅里。

“有件事要拜托你。”芝田说，“麻烦你去给新宿署打个电话，把直井叫到这里来。如果他问你为什么的话，你就把你知道的情况告诉他好了。”

“了解。”

回答过芝田之后，香子再次走进了电梯。

大约30分钟后，高见走出了301号房。看到守在门外的芝田他们，高见一时间也没明白过来这到底是怎么一回事，开着门呆呆地站着。香子则躲在暗处，观察着高见的样子。

“你们……不会是每天都在跟踪我吧？”高见问道。芝田摇了摇头说：“不，这是神谕。”

“您在这里都和人谈了些什么？请您详细地和我们说一说吧。”

直井冲着屋里说道。过了一阵，高见的身后出现了一个影子一样的黑色身影。

“谈公事这类蹩脚的谎言请别再说了吧。”直井微微一笑，“是吧，佐竹先生？”

3

鞋底踩踏地板的声音不绝于耳。松谷不停地抖动着脚。两肘伫在桌上，十指交叉，放在眼前。每次搜查进展不顺，心里烦躁不安时，松谷就会这副样子。听到他的鞋声，就连其他的搜查员也会一脸不快的表情。

真相如今已经大致查明。只要能对此加以验证的话，也就没什么问题了。

但警方手中却没有任何的证据。哪怕事情完全合乎逻辑，但光凭推理的话，案件也是无法得到解决的。

更何况凶手还有不在场证明。从芝田他们的调查结果来看，在行凶时，凶手的确在会客室和酒吧里。

另一方面，有关前些日子警方推测出的绘里被杀的经过，其推理已大致得到了验证。警方找银座王后酒店询问过，那天夜里，204室里的啤酒的确少了一瓶。之后，警方又找到了班比宴会公司的礼仪部主管米泽，据米泽证言，那天夜里他的确把锁闭204室房门的事交托给了江崎洋子。

芝田一边喝着速溶咖啡，一边翻看着前些天记录下来的行凶经过与时间。事情总是让人感觉有些蹊跷。

- 绘里和小田香子一同离开203号房（8点30分）。
- 丸本来到王后酒店，在江崎洋子的帮助下进入204号房。
- 绘里找前台借来钥匙，进入203号房（9点20分左右），等待Higashi出现。

“我有个疑问。”

听芝田这么一说，在他身旁写报告的直井赶忙开始翻起了资料，看来之前直井是睡着了。

“嗯？什么？”直井先是看了看松谷，之后又瞟了一眼芝田的记录，“有什么问题吗？”

“从8点30分到9点20分这段时间里，绘里究竟都干吗去了呢？她当时就不能提前一会儿进房间去吗？”

“说的也是……”

“还有一点。从前台借钥匙时，牧村绘里告诉前台人员说自己是班比宴会公司的牧村。仔细想想的话，这事其实也挺奇怪的。当时她是打算杀人的，如果最终绘里行凶成功，而警方后来又在那间房间里发现了尸体的话，那么警方首先就会怀疑到她头上的。哪有人会像她这样做的？”

直井脸色骤变。他默默站起身来，快步向着松谷走去。松谷也吃了一惊，把芝田给叫了过去。

“接着说。”松谷说道。

“也就是说，”芝田舔了舔嘴唇，“当时去借钥匙的人，会不会并不是牧村绘里？”

“江崎洋子吗？”

松谷果然洞察力非凡。芝田点了点头。

“我在想，或许当时牧村绘里已经死了。”

“可前台的人就会发现吗？”直井问道。

“或许不会吧。”松谷回答道，“他们也不可能记得每个礼仪小姐的长相。而且一般礼仪小姐的打扮和身材也都挺相似的。也有可能洋子当时穿了绘里的上衣。既然她说她叫牧村，那么前台人员应该也不会起疑的。”

“如果当时去借钥匙的是江崎洋子的话，那么行凶时间就应该在她借钥匙之前了。如此一来，凶手就可以在9点之后制造出不在场证明了。”

“的确如此。”

松谷伸出右手的食指，轻轻敲打着桌面。听到这声音，坂口也凑了过来。松谷接着说道：“有意思，不过这里边还有个问题。如果事情真是如此的话，那么牧村绘里当时没有钥匙又是怎样进屋去的呢？”

“对，问题就在这里了。有没有什么办法能够在不去找前台借钥匙的情况下进屋的？”

“去找酒店的人问问吧。”

松谷一声令下，芝田当场便出发前往了银座王后酒店。打听到的结果与之前预想的完全一样。这样的方法并不存在。酒店里的确有备用钥匙，但一般客人是不可以把备用钥匙带出酒店的。

“果然不行啊。”松谷一脸苦涩地用手梳理了一下自己的大背头。

“但当时牧村绘里的确是没用钥匙就进了房间的。”

芝田依旧不肯放弃。

“不可能的事就是不可能的啦。”直井说，“那家酒店的客房房间是自动锁，只要出了门，房门都会自动锁上的。”

——自动锁？

芝田心中闪过了一个念头。

“不，估计正因为是自动锁，所以她才能做到这一点的。”

松谷睁大眼睛问道：“什么意思？”

“离开房间时，只要把锁舌固定到收起状态的话，那她就可以不费吹灰之力地进出房间了。当时牧村绘里就是把门锁调到这状态之后，和小田香子一起离开房间的。”

“如此说来，小田香子也是她的共犯？”坂口大声说道。

“不，应该不是的。绘里当时是瞒着她这么做的。估计当时最后锁门的人应该就是绘里。”

“那她又是怎样固定锁舌的呢？”松谷问道。

“估计也是透明胶布吧。之后，丸本又用那截透明胶布设下了密室诡计。”

警方立刻联系了香子。据香子说，那天最后关门的人正是绘里，而且香子在离开房间之前曾经去上过厕所，估计绘里就是趁着那个时候用透明胶布固定住锁舌的。

“好，这下子凶手的不在场证明就出现破绽了。可是，眼下我们手里依然没有证据，该怎样发动进攻呢？”

松谷的目光在屋内滑过，似乎是在向众人征求意见。

“是否能靠伊濑的那封磁带遗书来打开局面呢？”

一名搜查员说道：“咱们让江崎洋子看看那东西，让她明白罪行露馅只不过是时间的问题。因为洋子当时并没有直接动手杀人，所以为了自保，或许她就会主动投案自首的。”

“从洋子这边展开攻势倒也的确是个好主意，但光凭那封遗书是达不到我们想要的效果的。光凭那封遗书的话，是无法查证出Higashi的真实身份的。”

“要是遗书里提到的那幅肖像画还在就好了。”直井叹了口气，说道。

“一点儿都没错。”松谷也感同身受地说。

那幅肖像画到底上哪儿去了呢——芝田也不禁沉思了起来。

——伊濑之前已经用了那样巧妙的办法留下了遗书，还想让他把那幅肖像画也保留下来，是不是有点想得太美了呢？

芝田回想起了那封磁带遗书的事。伊濑之所以会精心设计出那样的方法来，就是因为他担心会被发现。

——如此说来……

他对那幅肖像画是否也会采取相同的办法呢？会不会也为了不让凶手发现，而下了一番工夫呢……

“对了……”

听到芝田的声音，直井一下子跳了起来。

4

“华屋”的PR中心里热闹非凡。今天是纨绔子弟健三企划的“世界新宝石展”的最后一天。

看到香子进展厅，健三一边梳理着头发，一边向她走来。健三依旧是一身白色的西装。面对如此雷人的造型，香子只感到一阵无语。

“你竟然会主动约我，这可真是太阳从西边出来了啊？今天你不用去上班了？”

健三丝毫不顾及周围的客人，大声说道。这人的神经也真是够大条的。

“对，今天不用去了。呃，应该就是‘从今天起’吧。”

“从今天起？”

“没什么啦。可以请您带我参观一下宝石展吗？”

听香子这么一说，健三涎着脸把手搭到她的腰上，演说般地说道：“请尽情参观。这里不仅聚集了全世界的各种宝石，而且还蕴藏着未知的可能性。接下来，你还能看到以前从没有任何人看到过的巨大宝石。”

“也是赝品吧？”香子说。

“这可不是赝品，”健三板起脸来说道，“是因为天然存在的宝石太粗糙，所以我们才制造出了凌驾于天然宝石之上的宝石。迟早有一天，我们会让世人都不再去关注天然宝石的。”

说完，他绕到一处展柜后边，取出了一只金绿宝石制成的戒指。一圈小小的钻石围绕在硕大宝石的周围。

“看啊，它是多么美。这份美，不应只属于有钱人，而该让所有的女性都能平等地拥有它。”

两名男子走到了香子的身旁。刚开始时健三并没有注意到他们，而等到回想起来之后，健三不由得大吃一惊。

“二位不是之前的刑警吗……你们怎么会到这里来的？”

眼前的两个人不是别人，正是芝田和直井。芝田伸手接过健三手里的金绿宝石，说道：“的确挺美的，感觉根本就不像是人工制造的呢。”

健三默不作声，感觉似乎是在思考刑警到这里来干吗。

芝田把戒指还给健三，说道：“江崎洋子已经全都招供了。”

健三的脸色变得越来越难看。这样的表情，香子之前还从没看他露出过。

“这到底是怎么回事？”

他说话时的阴沉语调，也是香子之前从未听过的。

“请跟我们到警署走一趟，到时候你就会明白了。”两名刑警瞪着健三说道。周围那些“华屋”的老主顾们正在展柜之间来回游走，完全想不到这边究竟都发生了些什么事。

“不给我一个说法的话，我是不能随随便便就跟你们走的。”半晌，健三才开口说道。

芝田低头看地，之后缓缓开口说道：“我们已经发现了之前你们在由加利屋里要找的东西。我们打算和你聊聊这方面的事情，Higashi先生。”

健三默然不语。头脑伶俐的人，在飞快地动着脑子。没错，健三根本就不是什么纨绔子弟，相反，他是个既聪明又狡猾的人。

芝田把手里提的纸袋放到桌上。

“你一直设法抹除掉伊濑耕一和丸本之间的关系。坦率地讲，你的做法的确完美无缺。各种迹象都表明，那个Higashi就是你，但我们却又偏偏找不到任何的证据。然而，你却犯下了一个致命的错误。之前你曾让伊濑耕一给你画过肖像。当然了，我们也是费了九牛二虎之力才找到了这幅画的。”

香子注意到，健三的小指正在轻轻地颤动。

“这幅画所在的地方，完全出乎了我们的意料。”

芝田从纸袋中拿出一幅画来。是那幅伊濑耕一死去时放在画架上的风景画。健三用冷冰冰的目光瞥了一眼那幅画。

“我们用X光调查过之后，发现这幅画下边还画了一张肖像。肖像的旁边，写着‘Higashi’的字样。而画上的人，就是你。”

“我们已经让江崎洋子看过伊濑的遗书和这幅画了。”直井乘胜追击，“之后她就彻底崩溃了。毕竟她没有直接动手杀人，所以最容易拿下的人就是她了。”

“……原来是这么回事啊。”

“听过她的招供，我们已经识破了你假造的不在场证明。你已经无路可逃了。”芝田把画塞回纸袋里，说道。

健三用手擦了把脸，之后把两手伫在展柜上，盯着展柜里那些人工宝石散发出的光芒看了好久。

5

两天后的早晨。

芝田和香子来到了东京站的月台上。他们今天到这里来，就只是单纯为了给人送行的。这个时候，新干线的月台上到处都是去往名古屋和大阪的工薪族。两个人并排在停车的地方的椅子上坐下了身。

“是9点出发的吗？我们是不是来得太早了点儿？”

芝田先看了看从楼梯上走来的人，又看了看表，喃喃说道。

“之前我就跟你说过的。可你却老催我，说来晚了可就糟了。”

“要真的来晚了的话，那可不是糟了吗？还是早点来比较好。”

说着，芝田打开了从车站小卖部买来的爆米花的袋子。

“多亏了你的这种杞人忧天，搞得我连妆都没化好。”香子用手掌整理了下发型，“算了，这事我也不跟你计较了。好了，你接着刚才的说吧。”

“刚才我说到哪儿了？”

“说到搜查本部的那些大叔推理绘里被人灌毒的经过。”

“人家哪儿是大叔了？”芝田撅着嘴拈起一颗爆米花，“当时大伙儿都以为Higashi就是佐竹。”说完，他把爆米花扔进了嘴里。

“之后就是我粉墨登场的那段了吧？”香子得意洋洋地说。

芝田一边嚼着爆米花，一边看了看她的脸。

“还粉墨登场呢……罢了。多亏了你的帮助，我们才撞破了高见俊介与佐竹部长的密会现场。之后，我们对二人分别进行调查询问，发现了一些有意思的事。”

“说话卖什么关子嘛。这样子很讨厌的啦。”

“别这么说嘛。对于侦探而言，这才是最痛快的一刻。其实呢，佐竹是在调查健三的过去啦。”

“调查健三的过去？他为什么要这样做？”

“要说明这件事，那还得从健三被扫地出门的那段时间说起。”

“那你就请讲吧。反正时间还多的是。”

香子伸手拿了一颗芝田的爆米花塞进嘴里，恶作剧般地一笑。

“真没想到，我居然会在这种地方给人作报告。算了。估计你也知道，五年前健三曾被正夫社长扫地出门过。据说这也是因为他生活太过放荡所致。可是到了两年前，健三又被找了回去。你知道这是为什么吗？”

香子摇了摇头。

“当时，正夫社长听到传闻，说是健三在大阪开了家首饰店。健三的店搞得很华丽，但主要经营的却是一些赝品。天下哪儿有不爱子女的父母？正夫社长以为儿子终于浪子回头，所以就把他给找了回去。”

“有钱人的父母也是父母啊。”

香子突然想起了自己还在乡下的父母。她从未对任何人说过，其实她也是从乡下出来的。

“可是，有人却对此心有不甘。这个人自然就是曾经代替健三出任过店长的佐竹部长了。”

“我知道了。佐竹他是对健三是否真能开好店心存疑问。”

“说得没错。”芝田拍了拍膝头，“虽然健三手上的确有些积蓄，但是也还没多到可以开店的地步。而且佐竹也不相信健三真的会去好好干活赚钱。所以，佐竹决定彻底调查一下当时健三开店的资本来源。”

“原来如此。不过。这事和高见又有什么联系呢？”

“佐竹找了咨询所帮忙调查，后来他打听到了一条奇怪的情报。佐竹当时听说，还有另一个人也同样在调查健三的过去。经过调查，佐竹查明了这个人就是高见俊介。”

“高见？”

香子把眼睛睁得更大了。

“没错。佐竹也很想查知高见的真意，但他却决定先观望一阵子。一来二去，高见不动产就开始主动接近‘华屋’了。佐竹认定这其中一定有问题。”

“之后又怎么样了呢？”香子探出了身子。

芝田摇了摇头，轻描淡写地说：“没怎样。他依旧在观望情形，佐竹这人挺有耐性的。”

“看起来就挺执着的。”

香子回想起了佐竹那种影子一样阴暗的表情。

“其后二人一直处于胶着状态。健三的过去依旧没有查明，而高见那头也不见有任何行动。就在这时，绘里被人杀害的案件发生了。当然了，佐竹当时根本就没想到这件事健三也有份。直到刑警，也就是我找他问话时，他才觉得有些不大对劲。当时我问他说，他为什么要指定由班比宴会公司来做礼仪接待工作。听我问过之后，他才开始猜想或许健三也和这事有牵连。之所以这样说，是因为下令一定要找班比来的不是别人，正是健三。”

“哦？之前不是听人说，这是佐竹推荐的吗……”

“是健三告诉佐竹，佐竹又给手下人下的命令。但是，佐竹却并没有把这事给说出去。他打算谎称是自己指定的班比宴会公司，观望一下事态的发展。对他而言，抓住健三的把柄，远比解决案件要重要得多。”

“真是个有耐性的人啊。感觉就跟德川家康似的。”

香子把一整袋爆米花都抢了过去。这一次反而轮到芝田伸手去抓爆米花了。

“没过多久由加利也被人给杀了。而这件事也和班比宴会公司有关联。佐竹凭着直觉猜测，认为健三与这件事也有关联。然而他却缺少情报来源。因此，他下定了决心，准备和高见俊介做个交易。”

“这就是那天高见接到的那通电话了啊。”

那天香子正巧去了高见住的地方向高见展示厨艺，遗憾的是菜做得咸了一点。

“佐竹想要从高见那里打听到两件事：第一，高见为什么要调查健三的过去；第二，有关这次的案件，高见都知道些什么。如果高见不愿说的话，佐竹就要把高见在调查健三的事告诉健三本人。”

“所以高见才在无奈之下答应了健三，是吧？”

“没错。不过也正是多亏于此，案件才得到了解决。听完佐竹的讲述之后，我们也确信了Higashi就是健三，而且他弄到钱的时间也与伊濑那案子的时间一致。之后的问题，就在于如何立证了。在这一点上，那幅肖像画可是帮了我们的大忙。磁带遗书和肖像画——完全可以说，帮助我们解决了案件的人，其实是伊濑耕一。”

发车时刻的显示牌上，终于显示出了9点发车的班次信息。即便如此，眼下也还有很长一段时间。

“提问。”香子抬起手来，“健三他们是怎么知道那盒磁带的存在的呢？”

“是因为由加利曾经告诉过江崎洋子。”

“由加利？为什么？”香子拽了拽芝田的衣袖。

“由加利为了查明绘里之死的真相，居然想把江崎洋子也拉入伙。因为丸本曾经公开宣称过，说绘里是他的情人，所以由加利猜想洋子一定会对丸本由爱转恨。其实丸本早就和洋子串通好了，洋子装出一副合作的态度，而实际上是在监视由加利的行动。不久之后，当由加利发现了磁带里的秘密后，她首先把这事告诉了洋子。只不过由加利似乎没有说出磁带里的机关，只说是她发现了伊濑的遗书。”

当时由加利本打算也把这事告诉给香子的，但香子却不在家。

“之后由加利就被杀了？”

“对。那天3点的时候，先是江崎洋子去找了由加利。因为这事她们头一天已经约好了，所以由加利并没有起疑。当时洋子千方百计地套话，想要从由加利口中打听出遗书的下落，可由加利对此却只字不提。其后洋子就按照事先商量好的计划行事，在红茶里加入催眠药，把由加利弄睡着，之后洋子就离开了现场。因为洋子当天还得上班，要是迟到的话，反而会招人怀疑。其后丸本就来了。那家伙在屋里到处找，可他却总也找不到那封遗书。无奈之下，丸本只好和健三商量，所以后来健三也去了由加利的房间。两个人正找遗书的时候，由加利醒过来了。”

“之后她就被杀了？”

芝田点了点头："杀人之后，丸本和健三锁上房门逃走了。虽然他们本人说是一时冲动杀的人，但这话却让人难以信服。"

"的确让人很难相信。"

香子对健三的印象已经彻底改变。健三绝对不是一个会感情用事的人。他之所以会接近香子，也是为了收集情报。那天为了到香子的房间里去搜寻遗书，健三还故意把香子给约了出去。当时进香子屋里找遗书的人，就只是江崎洋子一个人。

"案件是怎样解决的我已经知道了，接下来你就给我说说案件发生的起源吧。"

"好吧。"

两个人所在的月台对面，一趟列车缓缓驶入。乘客们纷纷涌向列车。芝田看着这汹涌的人潮，开始述说了起来。

事情的开始就是健三被正夫给扫地出门的事。当时健三居无定所，在全国各地四处浪荡。三年前，健三流落到了名古屋。当时他时常会跑到"华屋"的名古屋分店去，在那里，他遇上了一个女的。那女的是他在美国时参加的一场毒品派对上认识的日本留学生。在美国的时候，那女大学生已经被毒品折腾得没了人样儿，可到了名古屋之后，她已经恢复了过来，彻底就跟变了个人一样。一问之下，健三才得知如今她正在与大官的儿子交往。警方在调查了该女子的姓名之后，才得知这女的正是高见雄太郎的女儿礼子。

健三当时的脑海里浮现了一个念头。他打算用礼子在美国的那些事儿做把柄，从雄太郎那里勒索些钱财。然而健三却不想自己出面。他想找其他人来出面，而他自己则坐享其成。最后，被他看中的就是丸本和伊濑二人了。据他观察，丸本时常会在酒馆里喝得烂醉，而伊濑则成天在车站前给人画肖像。他们二人做梦都想搞些资金。

首先实施了恐吓的是丸本。作为替礼子保守秘密的封口费，丸本提出了5000万日元的要求。高见雄太郎爽快地把钱拿了出来。或许这样的金额，对高见家来说不过是九牛一毛罢了。紧接着，伊濑也找雄太郎要了5000万日元。雄太郎再次慷慨解囊。但就在雄太郎准备给钱时，他突然想到总这样下去也不是个事儿，于是便扬言说要把这事告诉警察。伊濑当时又惊又怒，于是便下手杀害了雄太郎。

伊濑把钱带回家之后，没过多久就再也无法忍受心中的恐惧，自杀身亡了。

健三当时正好要找伊濑拿钱，发现伊濑已死，健三便卷款逃亡了。虽然后来他也调查过伊濑是否曾对人提到过自己，结果却一无所获。

就这样，健三和丸本各自手上都有了开创一番事业的资金。对于健三而言，他很想与丸本彻底断绝关系。可丸本却整天缠着健三不放，让健三援助一下班比宴会公司。无奈之下，健三只得答应了对方的要求。

牧村绘里来到班比宴会公司时，丸本立刻就得知了她是伊濑的恋人。之前丸本不光听伊濑提到过绘里的名字，而且伊濑还整天把她的照片带在身上。刚开始时，丸本还以为绘里是来找他报仇的，但后来丸本发现事情不是他想象的那样。绘里她其实是冲着“华屋”的派对来的。

果不其然，绘里在派对上故意接近健三，邀约健三8点45分到203号房去。健三联系了丸本，让丸本和丸本的情人江崎洋子伺机而动。

健三进入房间，绘里立刻便给健三劝酒。健三感觉有些不大对劲，找机会和绘里调换了酒杯。其后，健三的预感成为了现实，经过了一番痛苦挣扎，绘里气绝身亡。健三赶忙找丸本商议了对策，玩了不在场证明的把戏，而且还制造出密室，让整个案件看起来就像是自杀一样。

“西原健三这人可真够冷酷无情的。”

香子回想起了健三身上那套雷人的白色西服。那副模样，根本就不像是个会杀人的人。

“仔细回想一下，当时我们搜查小组也被健三装出的模样给蒙骗了过去。伊濑的遗书上也曾提到过，说是此人目光犀利，而这副模样，或许才是健三的真实面目。只不过那家伙似乎一直就是个装疯卖傻的高手。”

“这话什么意思？”香子不解地看着芝田说道。

“西原健三这人打小就是个装蒜的高手。”芝田把空掉的爆米花袋子揉作一团，说道，“你知道的，‘华屋’的西原正夫社长膝下共有三子，昭一、卓二，还有健三。按理来说，本来三个儿子都是有可能继承家业的，但实际上健三的两个哥哥却从来没把健三放在眼里。虽然年龄上的差距也发挥了一定的作用，但更大的原因还在于健三自小就成绩很差。据说健三当年念的学校，和昭一念的完全就不是一个级别。可健三自己并不觉得自己不如他的两个哥哥，反而觉得自己才是最适合继承西原家业的人。健三并没有把自己的野心表露在外，自始至终，都在扮演着小丑的角色。他一直在韬光养晦，等待着时机的到来。”

“真是够阴郁的性格。”香子皱起眉头，低声说道。

“健三当年放荡不羁，被扫地出门的事，其实也在他的计算之中。他早就发现，比起那些乖乖听话的好学生来，父亲更喜欢那些不为条条框框所束缚的人。使用这种手段的时候，健三已经知道自己迟早会被扫地出门。其后，他一边继续扮演着纨绔子弟的角色，一边偷偷地酝酿着一下子就能让整个局势彻底逆转的计策。”

“什么计策？”

“你不是去看过了吗？就是那些人工宝石啊。”

“哦……”

红宝石、蓝宝石、金绿石……那些宝石全都让人觉得魅力无限。

“昭一是通过比较保守的方式来做生意的，但健三却觉得这样下去是无法让‘华屋’壮大起来的。健三相信，人工宝石是一支潜力股。所以他一边扮演着纨绔子弟，一边着手推广人工宝石的市场。他打算等形势彻底逆转过来之后，再让昭一明白究竟是怎么回事。”

“所以他才会戴上了假面具的啊。”

“对，装傻这招向来都是最实用的面具。”

——小丑的假面具啊……

香子回想起了之前自己与健三之间的交往。这个充满野心的三公子，大概是从小就已经领悟到这样做对自己才是最有利的。

“我还有件事要问你。”香子想到了一件很重要的事，“高见他为什么要调查健三呢？他应该不知道伊濑的幕后主使是健三的吧？”

“你说这事啊？”

说完，芝田把头扭向一旁，舔了舔下唇。之后他从夹克衣兜里掏出了口香糖，问香子要不要来一块。香子默默地摇了摇头，催促芝田接着往下讲。

芝田把口香糖塞回了衣兜里。

“高见雄太郎死后，他的独生女儿礼子从父亲的抽屉里发现了一些写给父亲的信。信里说，如果雄太郎乖乖给钱的话，对方就不会把他女儿的丑事给抖搂出去。看过信后，礼子大受打击，从此陷入了严重的心理障碍中。”

“哦，所以她后来才会……”

香子回想起了自己在电话里听到的礼子的声音。当时那声音让香子感觉毛骨悚然，但事后想想，其实礼子也挺可怜的。

“高见俊介当时也曾看过那些恐吓信。他也看出了伊濑耕一的背后，其实还有个幕后主使。雄太郎已经把钱给了伊濑，可伊濑的房间里却并没有钱。所以高见打算想办法找伊濑的幕后主使报仇。话虽如此，当时伊濑耕一已经死了，高见也就无从追查了。于是高见就走了一趟美国，找那些知道礼子曾经吸过毒的日本人打听了一番情况。”

“结果，高见就打听到了健三？”

听香子说过之后，芝田点了点头。

“然而光凭这些情况，高见也不能断定健三就是恐吓的主谋。所以他决定对健三展开更为彻底的调查。”

“是这么回事啊……”

“得知绘里死去的时候，高见凭借着直觉，认定这事与高见雄太郎之死有些关联。因为牧村绘里这名字，就是伊濑耕一女朋友的名字。”

也正是因为如此，高见才会接近香子的。高见既然不想让世人知道礼子的事，那他自然也就不会去找警察的。

“话说回来……礼子她可真是够幸福的呢。”香子不禁说道。

芝田吃了一惊，扭过头来看着香子。

“为了她，高见竟然不惜一切地设法给她报仇……他一定很爱礼子的吧？”

听香子说完之后，芝田重重地叹了口气，轻轻摇了摇头。之后他用两手的中指摁住了眼角。

“你说反了。”

“嗯？”

“你说反了啦。”芝田摁着眼角继续说道，“是礼子从很久以前就一直爱着高见啦。”

“很久以前？”

“很久以前。高见几年前丧妻，而礼子则是从高见结婚之前就一直爱着他的。高见结婚后，礼子受了很大打击，于是便去了美国。礼子之所以会吸上毒，也是为了忘记高见。”

“是这么回事啊……”

也就是说，礼子之所以会被卷入到这一连串的悲剧之中，其实全都因为她太爱高见了。得知这件事后，高见决心设法为礼子报仇。

香子呆呆地望着眼前那来回涌动的人潮。听完芝田的讲述，她依旧感觉这一切全都是那样的不真实。

突然间，一个人影出现在了香子的眼前。香子抬头一看，只见高见俊介正微笑着站在她的面前。

“你好。”高见说。

香子看了看高见的身旁。她本以为高见的身旁或许还会有其他人，结果她却什么人也没看到。高见准备只身一人回名古屋去。

“最近一段时间里，你大概也不会回东京了吧？”

听芝田问过，高见轻轻闭上眼睛，点了点头。

“对，我打算陪陪礼子。她一直把我当成哥哥看待。”

“是吗？”

高见看了看香子，似乎是想让香子说些什么。但香子却迟迟不曾开口。

列车驶进站台，高见也该上车了。周围的人也开始骚动了起来。

“多保重。”芝田向高见伸出了手。

“你也是。”高见握住了芝田伸来的手。之后，高见又看了看香子。

“请你相信我。”高见语气沉重地说，“我并不否认，我的确想要利用你。但是……我真的很开心。”

“我也一样。”说着，香子也伸出了手。

高见用双手握住了香子的手。他的掌心是那样温暖。

“再见了。多保重。”

高见坐上了列车。列车门关闭，缓缓开动起来。香子和芝田站在月台上，一直等到列车开远，再也看不到。

“你的白马王子走掉了。”芝田把手搭到了香子的肩上。

“嗯。”香子耸了耸肩，“错过了一次机会。”

“错过了一次？”

话音刚落，芝田的BP机便响了起来。他一脸无奈地摁停了机器。

“又有事儿了。干我这行可真是够辛苦的呢。”

“加油哦。”

“你今后打算怎么办呢？”

“这个嘛……”香子把指头贴到唇上，挤了挤眼，“去找个工作啦。”

“是吗？那，陪我走一段吧。”

芝田向着香子弯起了右肘。香子微微一笑，挽住了他的手臂。

解说

《以眨眼干杯》是东野圭吾先生的第一部连载小说，展现出了当代流行意识。这是一部正式的长篇推理小说，密室杀人构成了耐人寻味的元素。小说中出现了披头士乐队的作品，隐藏在其中的暗号也成为本书中最难推理的一部分。

《以眨眼干杯》中的主人公小田香子是一个想成为有钱人宴会礼仪小姐。盘头和长裙是去她去宴会最不会出错的打扮，她的工作是在酒店的宴会厅等地根据主办者的要求提供斟酒或者夹菜等服务。从《大概是最后的招呼》[1]中得知，东野圭吾先生当时反复考虑把主人公设置成职业女性也许可以被大家接受的这个简单想法在出版界传了开来。身为礼仪小姐的香子幻想着可以拿着有钱男人的钱随意购买800万日元的珠宝，她觉得成为贵妇的唯一途径就是去一直憧憬的位于银座的华屋珠宝店。从《大概是最后的招呼》这本书中也可得知，《以眨眼干杯》是东野圭吾先生凭借着《蒂凡尼的早餐》的印象来写的。电影中出现的蒂凡尼珠宝店可以说是《以眨眼干杯》小说中华屋珠宝店的原型。在这家有名的珠宝店里，摆放着被称为"幻夜和布鲁图的心脏"的宝石。在香子

[1]《大概是最后的招呼》：又名《也许是最后的寒暄》，是东野圭吾的自传式随笔集。

本人看来，女性的魅力就应该展现在这种奢华的世界里，然后不惜一切地抓住可以向上爬的机会。尽管如此，小田香子依然是东野女郎中性格温顺，很难让人厌恶的一个角色。在当时的泡沫经济下，这只是那个时代背景下美丽可爱的女性怀有的野心。随着泡沫的破灭，乐天派的面孔随之消失。随后这个野心在《白夜行》里的雪穗身上又继续体现了出来。难道这不是东野先生对女性魅力升华的一个表现形式吗？

文：三宅博美